Kriminalroman

DIE

Delikte
Indizien
Ermittlungen

Lim Tok, Privatdetektiv in Hongkongs glitzerndem Vergnügungsviertel Wanchai, hat einen Mord an einem Freund aufzuklären: ein Antiquitätenhändler ist erschlagen worden, und eine kostbare goldene Buddha-Figur aus dem Besitz des Toten spielt dabei eine unheilvolle Rolle.

Mit Witz und Verstand, vertraut auch mit allen Tricks, die das brodelnde Leben in der Sechs-Millionen-Stadt Hongkong gebiert, geht Lim Tok zu Werke und löst den Fall.

Harry Thürk

DIE

Delikte
Indizien
Ermittlungen

Der maskierte Buddha

Lim Tok,
der Mann von der Dschunke

Verlag Das Neue Berlin

Ich kann es auf den Tod nicht leiden, wenn einer mich zu nachtschlafender Zeit aufschreckt. Und genau das geschah an jenem Morgen, als über der Wasserfläche vor Aberdeen noch der Frühdunst um die tausend Masten waberte. Als ich aus dem Bullauge meiner Dschunke blickte, die hier ankerte und die mir als Wohnung diente, erkannte ich gerade mal die nächsten Boote. Von Himmel war nichts zu sehen.

»Mister Lim Tok!« Das war wieder die helle Stimme, die einem Kind hätte gehören können, und danach schlug erneut ein Paddel gegen den hölzernen Rumpf meiner Wasserbehausung. Die Liegeplätze in Aberdeen, an der Südseite der Insel Hongkong, sind am frühen Morgen ohnehin nicht gerade still, hier wachen um diese Zeit an die zwanzigtausend Leute auf, die auf dreitausend Sampans, Dschunken oder Fischerbooten leben; sie beginnen den Tag mit Geplärr, Gezänk, Radiomusik und allen nur denkbaren anderen Geräuschen, die die Menschheit sich verpflichtet fühlt zu verursachen, nachdem sie ausgeschlafen hat. Wenn dazu noch einer mit dem Holzpaddel an die Bordwand hämmert, ist das Maß voll.

Ich rollte mich von meiner Schlafstätte herunter und

kletterte an Deck, nur mit einer Turnhose bekleidet, schlechtgelaunt und mürrisch, wie meist am Morgen.

Wenn Sie Hongkong kennen, dann wissen Sie, wie einem nach einer Nacht zumute ist, in der man mit ein paar Freunden auf einem der großen bunten Restaurantboote neun Gänge kantonesische Köstlichkeiten gegessen hat. Dazu kamen noch einige Liter Bier und ein Dutzend kleiner Schälchen Mao Tai, das ist ein Schnaps, der zwar wie ein Gully riecht, der aber schmeckt wie Pfirsichblütentau, mit dem leichten Nachteil, daß eigentlich ein Schälchen genügt, um einen Mann wie mich betrunken zu machen. Wenn Sie das alles *nicht* kennen, verrate ich Ihnen, daß Sie jedes einzelne Haar am Kopf zu spüren glauben, am nächsten Morgen, und daß Sie dann für die Schönheit unseres Inselfleckchens noch nicht den rechten Sinn haben. Geschweige denn für Besuch.

Die Schönheit – das sind ingesamt über zweihundert Inseln und Inselchen, dazu das Festland von Kowloon und den New Territories, alles zusammen eine bemerkenswerte Mischung aus Allerweltselementen, vom irrsinnigen Wald der Wolkenkratzer bis zu den stillen Gassen, in denen es nach abgestandenem Nachturin riecht und nach Chiliöl. Das sind auch die traumhaften Strände mit ihrem Sand und den Palmen, von denen die europäischen Touristen so entzückt sind, das sind die Hollywoodfassaden der Kneipen und Bordelle, dann wieder grüne Landschaften, in denen irgendwo ein altes Kloster steht, ausfahrende Dampfer, deren Sirenen mich immer wehmütig machen, und heulend nach Kai Tak einkurvende Düsenmaschinen, von denen man stets glaubt, sie nehmen entweder die Wäsche von den Leinen mit oder donnern gegen einen der Kowlooner Felsen.

Glauben Sie mir – als Einheimischer sehen Sie das alles ziemlich nüchtern, was Sie als erstmals anreisender Tourist flatternden Herzens bestaunen. Ein Gefühl, das sich unmerklich schon etwas zu legen beginnt, wenn Sie aus der Maschine steigen und die feuchte Hitze eines Sommertages Sie trifft wie der Schlag mit einem aus heißem Waschwasser gezogenen Handtuch. Und wenn Sie dann erst den Preis für die Taxifahrt zum Hotel erfahren...

»Mister Lim Tok!« Da war der Schreihals wieder.

Ich blickte über die Reling hinab, und da war das Boot. Nicht mal eines der Walla Walla Taxis, sondern ein an der Anlegestelle geliehenes Ruderboot mit einer dreistelligen Nummer. Und darin dieser junge Bursche. Vielleicht zwanzig. Jeans und herabhängendes Hemd, selbstverständlich mit dem Aufdruck *Columbia University*. Und ein ziemlich verstörtes Gesicht. Ich warf ihm die Strickleiter hinunter, die ich nachts stets einzog, er machte das Boot daran fest und kletterte flink wie ein Affe aus dem Tiger Balm Garten zu mir herauf.

Ich kannte den Burschen. Hieß Wu. War aus Kowloon, drüben auf dem Festland. Ein nicht festangestellter Helfer eines mir befreundeten Geschäftsmannes, Kong Wei, der in der Kimberley Road mit Antiquitäten handelte, einer von Hunderten in der Kolonie, schon nicht mehr ganz jung und einigermaßen redlich. Übrigens schuldete ich ihm noch einige hundert Dollar. Hatte sie vor längerer Zeit geliehen, wollte sie ihm auch schon einige Male zurückgeben, aber er hatte das immer höflich abgewehrt mit der Begründung, es eile nicht und er hoffe, ich könne ihm statt Rückzahlung einmal einen Gefallen tun. Chinesen sind manchmal so. Schätzen einen Freund und dessen Dankbarkeit höher als einige hundert

Hongkong-Dollars, die etwas mehr als die Hälfte des US-Dollars wert sind. Schickte er jetzt etwa seinen Helfer, um zu kassieren?

Der Bursche Wu jobbte ein bißchen für Kong Wei, das hatte ich einmal mitbekommen, mehr wußte ich nicht von ihm; er kam mir ziemlich aufgeregt vor, als er so vor mir stand und mich bat, mit ihm zu fahren. Ich hätte ihn an liebsten gefragt, ob er sich für seinen Besuch nicht eine menschenfreundlichere Zeit hätte aussuchen können. Aber was er dann hervorsprudelte, ließ mich den Einfall vergessen.

»Sie müssen kommen, Mister Lim Tok, ganz schnell. Mister Kong Wei ist etwas passiert. Ich fürchte, er ist tot. Und er hat mir vor langer Zeit aufgetragen, wenn es einmal eine solche Situation geben sollte, dann müßte ich sofort Sie holen...«

Er schluckte. Schnappte nach Luft. Meine Strickleiter hat siebenundzwanzig Sprossen, und die Bordwand der Dschunke, auf der ich wohne, ist hoch.

»Tot?« fragte ich irritiert. »Sie wollen mir mitteilen, Kong Wei sei tot?«

Der Bursche nickte. Seine Augen zeigten Traurigkeit. »Ich komme, wie immer am Morgen, mit frischem Sesamkuchen und einer Grapefruit. Ladentür noch zu. Natürlich. Ich gehe zum Hintereingang. Kleines Loch in der Drahtglasscheibe. Tür offen. Ich gehe hinein. Der Laden ist verwüstet. Alles liegt durcheinander. Auch im Hinterzimmer, wo Mister Kong Wei schläft. Schlief. Mister Kong Wei liegt in den Trümmern von Porzellan und Holz. Sieht furchtbar aus. Tot...«

Das mußte ich erst verdauen. Es ist nicht jedermanns Sache, sich noch vor dem Frühstück die Leiche eines Bekannten vorzustellen. Meine Sache auch nicht, obwohl ich einiges gewöhnt bin. Ich musterte den Burschen. Er zitterte.

»Sind Sie sicher, er ist tot?«

»Sicher.«

»Und Sie haben nicht die Polizei gerufen?«

Er schüttelte den Kopf. Man konnte sehen, daß er Angst hatte. Ich entschloß mich schnell. Schickte ihn in sein Boot und ließ ihn warten. Ging zur Luke und kletterte wieder in meine Behausung hinunter. Goß mir einen Kübel kaltes Wasser über Kopf und Oberkörper, trocknete mich ab, zog meine ausgefransten Jeans an, streifte ein Hemd über, steckte meinen Revolver in den Hosenbund unter das Hemd, meine Papiere in die Hemdtasche, dazu etwas Geld, dann fuhr ich noch mit einem Kamm durch mein nasses Haar, und ein paar Minuten später saß ich im Boot, das der Bursche Wu eilig zur Anlegestelle ruderte.

Unweit des Holzsteges, an einer Fischbratküche, hatte ich meinen sieben Jahre alten Toyota geparkt. Er sprang ausnahmsweise gleich an, und bald rollten wir nordwärts, an Happy Valley vorbei, im dichter werdenden Verkehr bis Wanchai, auf die Landspitze von Kellett Island zu, durch den Hafentunnel hinüber nach Kowloon. Über ein paar weniger befahrene Nebenstraßen kamen wir zügig vorwärts. Als ich den Toyota vor Kong Weis Laden parkte, gab es keine Anzeichen dafür, daß die Polizei inzwischen schon dagewesen war. Also gingen wir durch eine schmale Gasse, die mehr eine Abwasserrinne war, zum Hintereingang. Auch hier kein Zeichen von Polizei. Es herrschte der übliche Morgenbetrieb, bevor die Läden öffneten: Kinder in Bambuswagen vor den Türen,

Frauen an Holzkohleöfen, Männer, die sich am Rinnstein die Zähne putzten. Wie überall in Hongkong ist auch hier die Rückseite der modernen Geschäftsfassaden sehr chinesisch, und kein Chinese kann in seinen Lebensgewohnheiten die bäuerliche Tradition des Volkes verbergen. Ich finde das sympathisch, bei so viel städtischem Gehabe. Ich stolperte über ein paar leere Gemüsestiegen, die jemand vor einem Hintereingang abgestellt hatte, dann hatte Wu die Tür mit seinem Schlüssel endlich aufbekommen, und ich besah mir das Chaos.

Wer immer hier gewesen war, er hatte gründliche Arbeit geleistet. Kong Wei hatte einen jener anheimelnden altmodischen Curio-Läden geführt, die heutzutage immer mehr den durchgestylten Chromkäfigen weichen müssen, in denen modisches Kunstgewerbe oder gerade noch erträgliche Fälschungen asiatischer Kunst an eine reisewütige und souvenirbesessene Menschheit verhökert werden. Vermarktet, wie man korrekt sagt.

Hier hatte sich Kong Wei herausgehalten. Ob Porzellan oder Bronzen, Blumenrollbilder oder Luxusfächer aus Straußenfedern, Kong Wei hatte Original und Nachbildung streng voneinander getrennt. Kein Kunde war etwa mit einem als echt gekauften Tang-Pferd nach Hause gegangen, das in Wirklichkeit über ein paar Monate auf einem Hinterhof der Ladder Street künstlich gealtert worden war: mit Dreck beschmiert, gesäubert, in Beize gelegt, gewässert, in der Sonne rissig getrocknet und schließlich in einer Kammer um den Man Mo Tempel herum durch intensive Beräucherung mit Moschusstäbchen zu jener ehrwürdigen Bejahrtheit getrimmt, die selbst erfahrene Sammler noch täuschen konnte.

Nein, dieser etwas schrullige, anhanglose Kong Wei,

von dem ich mir Geld geliehen hatte, als ich aus dem Polizeidienst ausschied und begann, mir die bescheidene Existenz eines Privatdetektivs aufzubauen, war das gewesen, was die Leute gemeinhin als einen ehrlichen Händler bezeichnen. Dabei hatte sein Geschäft floriert. Vielleicht gerade deswegen. Sammlern verkaufte er Echtes und der Laufkundschaft aus Italien oder Luxemburg eben den auf echt getünchten Souvenirkitsch, den sie billig haben wollten und von dem sie wohl insgeheim genau wußten, daß er nichts wert war: Hofdamenjacken aus Brokat, Porzellangeschirr mit Drachen, falsche Ming-Vasen und Lacktabletts, geschnitzte Palastlöwen und Cloisonné-Aschenbecher. Mich mochte Kong Wei, seit ich als Kind gelegentlich solche Dienste für ihn geleistet hatte, wie das zuletzt Wu tat.

Da lag er. Zweifellos tot, und das vermutlich schon seit Stunden. Er trug ein Unterhemd und eine kurze weiße Unterhose. Bettkleidung. In der Herzgegend befand sich das Einschußloch, blutverkrustet, das Hemd hatte das Blut anfangs aufgesaugt, später war es auf den Fußboden gelaufen. Von vorn erschossen, mit einer, wie es mir schien, nicht sehr großkalibrigen Waffe. Vielleicht sogar mit Schalldämpfer, denn einen Schuß hätten die Nachbarn hören müssen, und chinesische Nachbarn sind neugierig, sie sehen nach, wer da vor dem Aufstehen schießt.

Kong Wei war, wie ich rekonstruierte, durch den Einbrecher, der in seinem Laden herumkramte, wahrscheinlich geweckt worden und aus seiner Schlafkammer herausgekommen. Da mußte der Einbrecher geschossen haben. Und nach dem Tod Kong Weis hatte er offensichtlich weitergesucht, denn auch auf dem Körper des toten Antiquitätenhändlers lagen Porzellanscherben und Rollbildfetzen. Ein abgebrühter Einbrecher, der einen Mann erschießt und danach seelenruhig weitersucht – war das überhaupt ein Einbrecher der herkömmlichen Art? Ich hatte da meine Zweifel. Einbrecher hüten sich, mit Schießeisen herumzufuhrwerken, und wenn sie von jemandem überrascht werden, fliehen sie, so schnell sie können. Es lag nahe, daß der Mann etwas gesucht hatte. Geld? Suchte man das zwischen Antiquitäten?

»Wie sieht die Kasse aus?« fragte ich Wu, der betreten an der Tür stehengeblieben war. Er sah nach, zuckte die Schultern, als er die Taste drückte, die das Schubfach öffnete, und sagte: »Da ist nichts durcheinander. Etwas Geld. Schuldscheine, ein paar Expertisen...«

»Das heißt, der Täter war nicht einmal an der Kasse?« Ich ging hinüber zu dem Tisch aus dunklem Eichenholz, auf dem der Kasten stand, und überzeugte mich. In der Tat, Geld konnte der Einbrecher kaum gesucht haben, sonst hätte er das hier mitgenommen. Was aber dann? Wertvolle Ware gab es, jetzt war sie demoliert. Widersinnig das Ganze. Oder doch nicht? Hatte der Täter etwas Bestimmtes gesucht... und gefunden?

Mir fiel ein, daß Kong Wei hinter einem Rollbild mit Kalligraphie einen kleinen Safe hatte einbauen lassen. Ich blickte zur Wand hinüber, das Rollbild hing dort wie immer. Aber ich war neugierig geworden. Und ich wußte auch, daß Kong Wei den Schlüssel zu dem Safe, wohl der Unauffälligkeit halber, zusammen mit dem Ladenschlüssel und einigen anderen für die Hintertür und für Schränke an einem Ring aufbewahrte. Ich fand das Bund an der Ladentür, wo es von innen im Schloß gesteckt hatte und offensichtlich herausgestoßen worden war. Also war es dem Täter gar nicht aufgefallen, denn Wu hatte ja bei seinem ersten Erscheinen die Tür aufgestoßen vorgefunden, sie bei seinem Weggang mit seinem eigenen Schlüssel abgeschlossen und jetzt auch wieder damit geöffnet. Demnach hatte der Täter das Loch in die Scheibe der Tür geschlagen, mit dem von innen steckenden Schlüssel aufgeschlossen und das Bund dann achtlos auf den Boden geworfen. Seltsam. Von dem Safe konnte er nichts gewußt haben, sonst hätte er doch mindestens alle vorhandenen Schlüssel ausprobiert, ob sie paßten. Aber nicht einmal das Rollbild war verschoben. Also öffnete ich den Safe. Wu blickte mir neugierig über die Schulter, und er las mit, was auf dem Zettel stand, der ganz oben auf einem Stapel persönlicher Dokumente und anderer Papiere gelegen hatte.

»Wer immer das nach meinem eventuellen Tode findet, soll wissen, daß ich einen Mann fürchte, der bisher zweimal bei mir war und mich aufforderte, einen *schwarzen Buddha* herauszugeben, er gehöre mir nicht. Ich habe ihm alle Buddhas im Laden gezeigt, aber er sucht einen anderen. Ich soll ihn herausgeben. Er kam zweimal. Drohte. Ich erklärte, ich weiß nicht, was er von mir will, aber er drohte mir einen dritten Besuch an, und dann würde er nicht ohne den Buddha gehen. Er hat das sehr ernst angekündigt. So sieht er aus: Europäer, etwa dreißig Jahre, spricht chinesisch, scheint hier also aufgewachsen zu sein, dunkler Typ, einen Meter siebzig groß, schwarzes, gewelltes Haar, dunkle Augen. Er hat auch eine Pistole.«

Ich faltete das Papier zusammen und schob es in meine Tasche. Als ich Wu fragte, ob er jemals einen Kerl hier gesehen habe, auf den die Beschreibung passe, schüttelte er hilflos den Kopf. Ich schärfte ihm ein: »Du hast das nicht gelesen, klar? Ich werde den Mann finden. Und du weißt von nichts.«

Die Nummer der Polizeistation von Tsim Sha Tsui im Kowloon Park hatte ich im Kopf. Ich bin gut in Telefonnummern. Als ich endlich die Abteilung für Gewaltverbrechen an der Strippe hatte, meldete sich mein alter Freund Hsiang, mit dem ich Streife gegangen war, als ich noch selbst der Polizei angehörte. Ich sagte ihm, er solle die Techniker mitbringen und einen Container für die Leiche.

»Hat dich deine Nase hergeführt?« erkundigte er sich, als er mit seinem Team erschien. »Bobby« Hsiang, wie wir ihn nannten, war ein langer Bursche, hager, mit gelben Zähnen, er rauchte nahezu unablässig eine unsägliche Zigarettensorte, die *Bastos* hieß und wie ein angesengter Bambusvorhang roch. Ich klärte ihn auf, wie ich von der Sache erfahren hatte, und ich riet ihm gleichzeitig davon ab, Wu zu verdächtigen, der Junge sei sauber. Hsiang sah mich aus seinen Kuhaugen, die schon manchen Ganoven getäuscht hatten, etwas schräg an und fragte dann: »Du hast nicht zufällig etwas entdeckt, was du eigentlich der Polizei mitteilen müßtest?«

Ich tat ihm nicht den Gefallen, den Zettel zu erwähnen. Kong Wei war mein Freund gewesen, und wenn jemand den von ihm beschriebenen Kerl fand, würde ich es sein.

Die Techniker hatten ihre Aufnahmen gemacht, ein paar Fingerabdrücke genommen, Hsiang hatte Wu angehört, der Arzt hatte Hsiang zugeflüstert, der Mann sei mindestens sechs Stunden tot, aber nicht länger als zehn. Es erstaunte mich nicht. Kong Wei war im Schlaf überrascht worden, das sah man. Während sie ihn in den Container legten, machte ich Hsiang aufmerksam, daß ich die Sache verfolgen würde.

»Wir auch. Wir sind das Gesetz, Lim. Wenn du uns nicht behinderst und bei Befragen eigene Ermittlungsergebnisse nicht zurückhältst, haben wir nichts dagegen.« Die Sprüche waren immer dieselben.

»Bei Befragung«, erwiderte ich ihm, »werde ich mich daran erinnern, daß du in deiner Jugend mein Freund warst. Das Gesetz kannst du dir hinstecken – du weißt, wohin!«

Er grinste nur. Spuckte seinen Zigarettenstummel auf einen Haufen Porzellanscherben und ging nach draußen.

Guter Mann, dieser Hsiang. Überhaupt war die Hongkonger Polizei eine der besten der Welt, aber ich konnte mir ausrechnen, daß sie Hsiang nach ein paar Routinenachforschungen wohl anweisen würden, die Sache zu den Akten zu legen. Kong Wei war ein unbedeutender Mann, und die Kolonie war ein Hexenkessel, sie wimmelte von Menschen aller Sorten, einen Mord gab es hier etwa jede Stunde. Was konnte man da von ein paar schlechtbezahlten, überstreßten Polizisten erwarten? Im Grunde waren sie froh, wenn ihnen ein Privatschnüffler wie ich die Arbeit abnahm.

Nicht zufällig gab es in Hongkong Hunderte, die meiner Zunft angehörten. Wenn sie auch nicht alle aus dem Polizeidienst entlassen worden waren wie ich, der aus purem Zufall den stellvertretenden Gouverneur splitternackt in einem Bordell in Wanchai festgenommen hatte, weil aus seinem Abteil eine leichte Fahne driftete, die den Geruch von indischem Hanf hatte. Und das Rauchen solcher Drogen war nun einmal in der Kolonie verboten.

Immerhin hatte mir der höfliche Hinauswurf, der auf höhere Weisung dann folgte, die Lizenz für meine Tätigkeit eingebracht, als Trostpflaster sozusagen, denn auch mein Chef, der das veranlaßte, liebte den Herrn stellvertretenden Gouverneur nicht so sehr. Nun lauerte ich schon eine ganze Weile darauf, daß ich wieder einmal ein hohes Tier bei etwas ertappte, das sich mit dem Gesetz nicht vereinbaren ließ. Weil es sich auszahlen könnte. Aber zunächst hatte ich den Mord an Kong Wei aufzuklären. Freundespflicht. Es galt herauszufinden, was es mit diesem *schwarzen Buddha* auf sich hatte, damit konnte man wohl weiterkommen.

Ich hörte, daß Hsiang draußen mit Wu verhandelte, ob man die zerschlagene Scheibe schnell einsetzen lassen könnte, worauf der Laden dann vorläufig versiegelt werden sollte, da fiel mein Blick auf ein billiges chinesisches Druckbild, das mit der Vorderseite nach unten auf dem Boden lag, unter einer Handvoll Scherben. Eine weiße Rückseite, auf der sich, unter zahlreichen Splittern, so etwas abzeichnete wie ein Schuhabdruck. Ich hob den Bogen auf, es war tatsächlich ein Schuhabdruck darauf. Konnte er von den Polizeibeamten stammen? Dagegen sprach, daß Porzellanscherben darauf gelegen hatten. Stammte er von Kong Wei? Mir fiel ein, daß der Tote barfuß dagelegen hatte. Ich faltete das Druckbild, das chinesische Vögel und Blumen zeigte und als Billigsouvenir etwa drei Dollar kostete, und steckte es unter mein Hemd, zu der Nachricht, die Kong Wei in seinem Safe hinterlassen hatte.

Draußen besah ich mir Wus Schuhe. Er trug diese chinesischen Tuchlatschen mit Stoffsohle. Schleicher. Der Abdruck stammte aber, soviel ich auf den ersten Blick erkannt hatte, von einer schmutzigen Profilsohle aus Gummi. Ich verabschiedete mich besonders freundlich von Hsiang und seinen Leuten, nachdem ich mir ihre Schuhe besehen hatte, und Hsiang legte mir noch einmal ans Herz, ihn von jeder Entwicklung in der Sache zu informieren. Das versprach ich. Wu flitzte zu einem Glaser. In dem Blechcontainer wartete der gute alte Kong Wei auf das grauschwarze Auto, das ihn abholen sollte. Als es vorn in der Gasse hupte, machte ich mich davon.

»Kann ich Ihnen helfen, Sir?« erkundigte sich die Verkäuferin in dem Schuhladen, den ich am Nachmittag besuchte, in der Queens Road, im Zentraldistrikt Hongkongs, einem quirligen Geschäftsviertel. Es war der achte, seitdem ich Kong Weis Laden am Morgen verlassen hatte. In Kowloon, auf der Landseite drüben, hatte ich es auch schon versucht, erfolglos. Die Dame war gerade in dem Alter, in dem man mit einem Mann sprechen kann, ohne dabei Schwingungen in der Stimme zu bekommen, sie sah gut aus – bis auf die Riesenohrringe, die ihr etwas vom Aussehen einer der letzten Kannibalengattinnen im Norden von Neu-Guinea gaben. Irian Jaya, wie die Indonesier es nennen.

»Turnschuhe«, sagte ich, »es könnten Turnschuhe sein…«

Sie sah mich verständnisvoll an. Ein Mann mit leichter Konfusion. Dann zeigte ich ihr den Abdruck auf dem Vogel-und-Blumen-Bild. Da lachte sie vergnügt. »Turnschuhe ist ein wenig leichtfertig, Sir. Sehen Sie die runde Markierung mit dem Eindruck *Tino* in der Mitte?«

Natürlich hatte ich die vier Buchstaben gelesen. Seitdem suchte ich ja unter den Turnschuhmodellen dieser Welt nach genau diesem Zeichen. Die Dame gab mir das Blatt zurück und bat mich zu warten, nachdem sie meine Füße betrachtet hatte. Drei Minuten später war sie mit einem Stapel Schuhkartons zurück und komplimentierte mich auf einen Anprobierhocker. Als sie den ersten Karton öffnete, erblickte ich etwas, das wie ein von Salvadore Dali entworfener Turnschuh, exklusiv angefertigt für Marlon Brando, aussah. Der Super-Luxus-In-Schuh für den wohlhabenden Herrn, der sonst alles hat. Es war an der Zeit, der freundlichen Dame mein Anliegen zu erläutern, bevor sie mit dem Anprobieren begann. Sie war etwas enttäuscht, als sie meinen Ausweis erblickte und einsehen mußte, ich würde keine Schuhe kaufen. Aber sie klärte mich doch bereitwillig auf. Wobei sie mich allerdings nicht mehr mit »Sir« ansprach.

»Mister, bei der Marke *Tino* handelt es sich um eine Exklusivserie der Mailänder Firma Bulotti. Ein ausgesprochener Modeschuh. Ist jedoch nicht sonderlich erfolgreich gewesen. Kam vor einem halben Jahr zu uns, als Neuheit, und ist heute schon etwas billiger zu haben ...«

Ich war am Preis nicht interessiert. Aber ich horchte auf, als sie mir andeutete, von dem Modell seien bisher nur wenige Paare verkauft worden. Eine Art Fehleinschätzung hätte zum Mißerfolg geführt. Die Dinger seien gedacht gewesen für elegant-sein-wollende, zugleich reiche Leute, die ihre modische Orientierung ein wenig hervorkehren wollten. Aber eben – wohlhabende Herren trugen nun mal keine Turnschuhe, wenigstens nicht in Hongkong, wie teuer auch immer sie waren. Höchstens mal auf ihrem Boot bei einer Ausfahrt. Bordschuhe. Wenig wahrscheinlich sowieso, daß ein reicher Mann bei Kong Wei einbrach. Was war das also für ein Kerl, der sich die teuersten Schlappilatschen leistete und anschließend von Kong Wei einen *schwarzen Buddha* verlangte, den er nicht besaß, worauf der Antiquitätenhändler erschossen wurde? Das mußte man erst einmal unter einen Hut bringen.

Die Verkäuferin, die sich an einzelne Käufer nicht erinnern konnte und auch nach Befragung ihrer Kolleginnen kopfschüttelnd zurückkam, konnte mir nicht weiterhelfen. Sie gab mir noch die Adressen von zwei weiteren Geschäften, die *Tino* handelten, und damit war meine Mission hier beendet.

Ich überlegte noch, ob es sich auszahlen würde, die Dame für den Abend einzuladen, aber dann entschied ich mich anders. Es waren nicht nur die kannibalischen Ohrringe, die mich abhielten, ich hatte Arbeit. Zuerst klapperte ich noch die beiden Schuhläden ab, ohne Erfolg. Dann war ich so müde und ausgehungert, daß ich mich an meine Mutter erinnerte, die in Wanchai das *Hibiskus* betrieb, ein Lokal mit ein paar bescheidenen Hinterzimmern, in denen in Ausnahmefällen auch gewürfelt oder Mahjong gespielt wurde. Habe ich erwähnt, daß mein Vater ein amerikanischer Marinepilot war, der zwischen der Gründung Rotchinas und dem Koreakrieg Zeit fand, in Hongkong Aufenthalt zu nehmen, und meine Mutter heiratete? Er ist später in Korea gefallen. Und das *Hibiskus* ist mit der Witwenpension gekauft worden. Dort habe ich übrigens auch meinen ersten Beruf erlernt, in der Küche. Wenn Ihnen jemand verraten kann, wie lange man eine bestimmte Fleischsorte im Wok braten muß oder wie lange Glasnudeln auf dem Feuer bleiben dürfen, dann bin ich es. Aber das *Hibiskus* hielt mich nicht. Als nächstes engagierte mich ein Hotel in Macao, und wer Hotels in Macao kennt, der weiß, daß das nicht gerade Aufstieg bedeutet. Zuerst war ich Koch, dann setzte man mich als Chef des Spielsalons ein. Und das machte mir schon weit mehr Spaß. Abgesehen davon, daß man hinter die Tricks des Fan-Tan-Geschäfts kam und selbst mitmischen konnte, erhaschte man auch einiges von dem, was ein geschickter Mann mit Spielkarten anfangen kann.

Zur Polizei kam ich, weil mir meine Mutter immer heftiger zuredete, Beamter zu werden, da erhielte man außer einem ansehnlichen Gehalt später mal eine hohe Pension. Und angesichts der Tatsache, daß Rotchina kurz vor Ende des Jahrhunderts Hongkong übernehmen soll, durfte man auch den Anspruch eines Beamten auf einen britischen First-Class-Paß nicht außer acht lassen, er berechtigte, samt Familie, zur Niederlassung in Großbritannien. Nun, ich war inzwischen herausgeflogen, wegen des haschenden Gouverneursstellvertreters im Bordell – meine Mutter hatte es mit Fassung ertragen.

»Du solltest überhaupt regelmäßig essen«, ermahnte sie mich jetzt wieder, eines ihrer Lieblingsthemen. »Hast du denn auf deiner Dschunke endlich eine anständige Küche eingebaut?«

Ich beruhigte sie, es gäbe gleich gegenüber an Land nicht nur die Fischbratküche, sondern auch eines der besten Restaurants von ganz Aberdeen, und da sei ich Stammgast. In Wirklichkeit lebte ich – falls ich nicht gerade im Zentraldistrikt unterwegs war und da irgendwo im Vorbeigehen etwas aß – vorwiegend von jenen praktischen Nudelfertiggerichten, die die Supermärkte verkauften: Eiernudeln samt Gemüse, Gewürzen und Trokkenfleisch, in einer Eßschale aus Plast verpackt, nur mit heißem Wasser zu übergießen und sofort zu essen. Instant Food. Instant Kaffee. Instant Tee. Gab es eigentlich auch schon Instant Sex? Meine Mutter, eine sehr kleine und schmächtige Frau, die sich gute Sitten bewahrt hatte, wäre bei der bloßen Erwähnung einer solchen Frage vor Scham bleich geworden, deshalb vermied ich es, ihr damit zu kommen. Sie spendierte mir ein süßsaures Schweinefleischgericht mit Pilzen und einer Menge anderer Zutaten, alles Dinge, von denen sie wußte, ich aß sie gern, ließ mir auch noch ein Bier dazustellen, und dann nahm sie mir das Versprechen ab, nach der Mahlzeit mit ihr eine Weile auf dem Balkon im zweiten Stock, wo sie wohnte, zu plaudern. Ich sagte zu. Wenn man mit Ermittlungen in einer Sackgasse angekommen ist, soll man eine Pause einlegen. Mit neuen Gedanken kommt man danach schneller voran.

Während ich mir das Essen schmecken ließ, wurde eine Ladung Bus-Touristen hereingeführt. Fenwick Street, in der Mamas Restaurant lag, ist etwa das Zentrum der sündigsten Gegend in der ganzen Kolonie, und es gehörte zur touristischen Pflichtübung, wenigstens einmal hier gewesen zu sein, selbst wenn es unter Tag war und die meisten Freudenmädchen sowieso schliefen. Der Name Wanchai steht für unzählige Kneipen und Bars, für Nachtclubs und Massagesalons, für die Tanzsäle mit den hinter Glas aufgereiht sitzenden, numerierten Auswahlpartnerinnen, für jede Dienstleistung, vom Küssen des Hinterns auf offener Bühne bis zur Beseitigung eines Gegners durch einen Messerstich. Manche Leute nennen dieses Gebiet, das sich östlich an den Zentraldistrikt Victoria anschließt, *Klein-Shanghai,* vermutlich aus nostalgischer Erinnerung an Alt-China. Eigentlich bekannt gemacht wurde Wanchai durch Suzie Wong, jenes gefällige Geschöpf aus dem Lok Kok Hotel, das vor einigen Jahrzehnten ein englischer Autor erfunden hat. Aber damit ist nichts gegen die Mundpropaganda gesagt, die beispielsweise auf Schiffen aller Länder Wanchai als das Paradies des Seemanns preist, als die Stätte, an der er selbst sich gehen und sein Geld fahren lassen kann, allerdings für beachtliche Gegenleistungen. Die setzen mit Einbruch der Dunkelheit ein. Tagsüber hingegen ist Wanchai nicht viel mehr als eine buntbeflaggte Ansammlung träge laufender Kneipen und muffig riechender Eingänge zum zeitweilig ruhenden Laster.

Trotzdem lungerten auch jetzt die Touristen mit ihren Fotoapparaten hier herum, außer ihnen eine Horde Matrosen, die es nicht erwarten konnte, denn bis Victoria Hafen waren es nur ein paar hundert Meter. Bis zum Hauptquartier der Polizei in der Harcourt Road allerdings auch. Aber die Polizei hielt sich von Wanchai fern, falls sie hier nicht gerade eine ganz große Sache verfolgte – Polypen sind ein Anblick, der landgängige Seeleute meist zu ruppigen Prügelhelden macht, und keiner weiß so recht, warum. Damals, als ich selbst noch in diesem Hauptquartier an der Grenze von Victoria zu Wanchai gearbeitet hatte, waren wir jedenfalls stets bemüht gewesen, nur im äußersten Falle in den Gassen des Vergnügungsviertels in Erscheinung zu treten.

Die Touristen, die jetzt in Mutters Lokal strömten, waren Japaner. Die reiselustigste Nation Asiens. Man sagt, sie ähneln darin den Deutschen in Europa, aber das kann ich nicht beurteilen. Jedenfalls hatten sie sich bereits an ihrer vorher gedeckten Tafel niedergelassen, wie üblich lustig durcheinanderschnatternd, als ein Schub australischer Matrosen hereinplatzte. Offenbar hatten sie schon einige Büchsen Star-Bier eingefahren, oder St. Miguel, jedenfalls machten sie sich einen Spaß daraus, an der Theke jeweils zwei Gläser Whisky zu holen und mit einer der japanischen Ladies anzustoßen. Da gab es eine Menge Gekicher und Gejohle, bis die einen den Schnaps intus hatten und die anderen ihn höflich und standhaft auf den Tisch stellten, statt ihn zurückzuweisen, was beleidigend gewesen wäre. Keine Situation, die mich etwa beim Essen beunruhigt hätte, im Gegenteil, als mir einer dieser rotgesichtigen Jungens auch einen Bourbon hinhielt, kippte ich ihn zu seiner Verblüffung so schnell hinter, daß seine Augen größer und größer wurden. Er hieb mir zum Zeichen der Anerkennung seine Pranke auf die Schulter, daß ich Angst hatte, mein Revolver könnte mir aus dem Hosenbund rutschen. Und dann bot er mir an, auf seinem Kahn kostenlos bis Port Darwin mitzufahren, einen Kerl wie mich würde er jederzeit an Bord so unterbringen, daß der Skipper ihn nicht entdeckte.

Es fiel mir auf, daß Charly Soong nicht da war, einer der Kellner, die etwa zur gleichen Zeit wie ich bei Mutter zu arbeiten begonnen hatten. Als ich sie später auf dem Balkon, wo sie zwischen Bonsai-Schalen mit winzigen Kiefern und Töpfen mit wucherndem Oleander saß, fragte, was mit dem Burschen sei, eröffnete sie mir: »Du weiß es noch nicht, Sohn, er hat sich selbständig gemacht.« Es überraschte mich nicht, er war immer ein unternehmungslustiger Typ gewesen.

»Kneipe?«

»Sag nicht immer Kneipe«, rügte mich Mutter, »das

klingt unanständig. Es heißt Restaurant. Nein, er hat einen Hamburger-Stand aufgemacht.«

Ich hätte mich ausschütten können vor Lachen. Für Charly waren Hamburger schon immer gleich nach der dehydrierten Frontverpflegung gekommen, die die Amerikaner ihren Soldaten nach Vietnam schickten. Ein Teil davon war bei uns auf den Basaren gelandet: Pulvermilch, Trockengemüse, Fruchtmark, Pulverkaffee und Wischpapier. Alles in einem Karton. Charly Soong hatte seinerzeit ausgiebig mit dem Zeug gehandelt. Er war überhaupt der geborene Geschäftsmann, das hatte ich damals schon erkannt, und er wußte so ziemlich alles über eine Unmenge kleiner und großer Gauner in der Kolonie. Ohne selbst einer zu sein. Er hatte nur seine Verbindungen.

»Brät er die Dinger hier in Wanchai?«

Meine Mutter schüttelte den Kopf. Während sie sorgenvoll meine Füße betrachtete, die nackt in Riemensandalen steckten (was nur auf dem Balkon erlaubt war, in der Wohnung waren Schuhe verboten), klärte sie mich auf: »Nicht hier, in Poor Man's Night Club.«

Und dann hielt sie mir einen längeren belehrenden Vortrag, daß es sich für einen Mann wie mich nicht ziemte, ohne Socken herumzulaufen. Ich gehöre zu jenen, die durch sorgfältige Kleidung nach außen hin erkennbar machen müßten, daß sie zu der besseren Schicht der Einwohner gehörten, die sich anständige Fußbekleidung leisten kann und nicht mit leichten Mädchen verkehrt, was etwa auf dasselbe herauskam.

Poor Man's Night Club, der Nachtclub der armen Leute, das war eigentlich ein riesiger Parkplatz, auf dem tagsüber Auto neben Auto stand. Er lag unmittelbar an der Anlegestelle der Fähren, die zwischen Macao, der etwa siebzig Kilometer westwärts gelegenen portugiesischen Besitzung, und Hongkong verkehrten. Abends, nach Einbruch der Dunkelheit, begann hier ein verwirrend vielfältiges Treiben. Im Nu wurden wackelige Buden errichtet, Verkaufstische mit Planen aufgespannt, Herde begannen zu qualmen, Wahrsager und Geschichtenerzähler ließen sich auf dem Asphalt nieder, und es entstand bis Mitternacht jene köstlich bunte Atmosphäre, die zu einer chinesischen Großstadt gehört wie der Rührlöffel zur Bratpfanne.

Von frischem Obst bis zu leicht riechendem Fisch wurde nahezu alles angeboten, was der Mensch essen kann, sogar schillerndgrüne Käfer, die geröstet einen Genuß darstellten, der vermutlich aber nur von Kantonesen geschätzt wird. Daneben gab es Stände mit Büchern und Jadefiguren, gefälschten Schweizer Uhren und japanischen Fotoapparaten, einheimischen Computern und farbenprächtigen Hemden, Tabak und Mottenkugeln, angeblich italienischen Schuhen und traditionellen Musikinstrumenten. Schauspieler sangen und sprangen zum Text chinesischer Opern, und anderswo dröhnten die Rhythmen einer Rockband. Das Ganze war erleuchtet vom grellen Schein zischender Karbidlampen, hier und da flackerten bunte Lichterketten, und es gehörte schon eine gewisse Routine dazu, wenn man verstehen wollte, was dieser oder jener Ausrufer anpries, das Stimmengewirr glich einem abschwellenden Taifun.

Ich liebte diese Atmosphäre, und obwohl man hier vor Taschendieben gar nicht so sicher war, hielt ich mich immer wieder gern einmal in einem solchen Trubel auf. Es gab mehrere solcher Plätze in Hongkong, aber *Poor*

Man's Night Club war der mit Abstand bekannteste. Nachdem ich meiner Mutter für gewisse Zeit schließlich doch wieder das Gefühl gegeben hatte, ihr Sohn sei noch zu den anständigen Leuten zu rechnen, fuhr ich in Richtung Macao-Anlegestelle, denn, ohne es zu ahnen, hatte mich meine Mutter auf eine Idee gebracht: Charly Soong war ein Mann, der viele ausgezeichnete Kontakte besaß...

Ich hatte keine Mühe, ihn zu finden. Charly schien hier eine Art Marktlücke entdeckt zu haben. Sein Stand war mit Varianten des amerikanischen Sternenbanners so auffällig dekoriert, daß man ihn selbst inmitten dieses Gewimmels nicht verfehlen konnte, zumal er einen überraschenden Zulauf hatte. Man soll sich eben nicht von Vorurteilen leiten lassen: was wird gerade unter Chinesen nicht alles gegen diesen Patentimbiß gesagt, der aus einem Maisbrötchen besteht, in dem eine Hackfleischbulette mit viel Zwiebeln, Tomatenscheiben und Grünzeug klemmt! Jüngere Hongkonger haben sich längst daran gewöhnt. Natürlich hätten sie auch gern irgendwo ein chinesisches Nudelgericht gegessen oder eine Schale Huntun-Suppe, aber der Hamburger war eben nicht mehr verpönt, er hatte den Hauch von Exotik längst verloren und war zum Lebensmittel geworden wie vieles andere auch. Zwei junge Mädchen brieten pausenlos die Fleischfladen auf einer Blechplatte, während Charly sie in die Brötchen packte und ausgab und dann kassierte.

Ich sah eine Weile zu, und dabei konnte ich einen Blick in den Pappkarton unter dem Verkaufstisch werfen, der mich darüber aufklärte, daß hier solides Geld verdient wurde. Die Scheine stapelten sich. Und Charly verstand es, seine Ware an den Mann zu bringen, er arbeitete schnell und unermüdlich, hatte aber trotzdem für jeden Kunden einen freundlichen Blick, ein Scherzwort. Als er mich sah, reichte er mir sogleich eines dieser geschätzten Dinger herüber und ermunterte mich: »Iß was, alter Junge, das ist Hackfleisch von gesunden Kühen aus Chinas südlichster Provinz, und die Zutaten sind first class!«

Der Markt war gerade eröffnet worden, und es dauerte eine Weile, bevor eine Pause an Charlys Stand eintrat, in der die beiden Mädchen den Betrieb allein bewältigen konnten und wir die Chance hatten, uns zu einem Plausch hinter das Bratblech zurückzuziehen. Den Pappkarton mit dem Geld behielt Charly dabei geschickt im Blickfeld. Er war ein kräftiger, an harte Arbeit gewöhnter Bursche, und er vertraute mir an:

»Läuft gut. Die eine der beiden bezahle ich, mit der anderen teile ich die Matte.«

Welche von beiden das war, sagte er nicht. Ich betrachtete die Mädchen eine Weile, aber die eine stand der anderen wenig nach, und beide wischten sich in regelmäßigen Abständen den Schweiß aus dem Gesicht. Hongkong am Abend, in der Nähe eines Bratblechs, das ist harte Arbeit.

Wir hatten uns eine Weile nicht gesehen, und es gab einiges zu erörtern, bei einer Büchse Bier und Zigaretten, bis ich schließlich mit meinem Anliegen herausrückte.

Charly hörte sich meine Geschichte an, dachte nach, dann sagte er: »Ganove mit teuren Schuhen... Mord... Dazu fällt mir erst einmal nichts ein. Du verstehst, mich interessieren die Schuhe meiner Kunden überhaupt nicht. Aber das könnte, so wie du es beschreibst, eine Geschichte sein, in der eine Triade ihre Finger drin hat...«

Natürlich hatte ich auch schon an die Möglichkeit gedacht, daß hinter dem Mord eines der Hongkonger Gangstersyndikate steckte, die sich Triaden nannten, weil sie meist in Dreiergruppen arbeiteten, und die den Leuten geschickt weismachten, sie setzten die Tradition freiheitlicher Bauern vom Festland fort. Doch Kong Wei war klug genug gewesen, solch einen Zusammenhang zu erkennen, er hätte ihn zumindest in seiner Botschaft angedeutet.

Charly zog eine weitere Büchse Bier für mich auf, dann ging er zu seinem Tisch, um den Mädchen eine Weile zu helfen, und als er zurückkam, bot er mir an: »Ich könnte mit Lao Dang sprechen. Das ist der Triadenboß, an den ich Schutzgeld zahle. Vielleicht hat er einen Tip. Er ist nicht ungefällig...«

»Du zahlst Schutzgeld?« Ich war etwas verblüfft.

Aber Charly winkte ab. »Hier zahlt jeder Schutzgeld. Sonst kippen dir ein paar Kerle den Tisch um. Oder das Gewerbeamt entdeckt plötzlich auf wundersame Weise, daß es mit der Hygiene bei dir nicht ganz stimmt, und du bist raus aus dem Geschäft. Soll ich ihn angehen?«

»Hast du wirklich einen Draht zu Lao Dang?«

Charly nickte. »Ich kann ihn erreichen.« Lao Dang und seine Gruppe, die sich den Namen *Weißer Mohn* gegeben hatte, war eine der größten Organisationen. Ziemlich verzweigt. Allerdings nur auf der Insel. In Kowloon und weiter nördlich, in den New Territories, gaben wieder andere den Ton an.

»Wenn es niemand ist, den er persönlich decken muß, würde er mir einen Hinweis geben. Lao Dang wäre einer der wenigen, die Einblick in eine schmutzige Geschichte haben, ohne selbst beteiligt zu sein.«

Ich hielt Lao Dang für einen Hai, der zuerst den Hals durchbeißt, damit das Knabbern am Rest des Körpers nicht mehr weh tut. Aber es war wohl nicht angebracht, mit Charly solche Meinungen zu erörtern. Lao Dang war eine Chance. Also versprach ich Charly ein paar Scheine, wenn etwas dabei herauskommen sollte. Er wollte mir noch einen weiteren Hamburger andrehen, aber ich konnte das verhindern. Es war ein Tag voller gutem Essen gewesen. Ich versprach Charly, in ein paar Tagen wiederzukommen, und entfernte mich. Ein Wahrsager kündigte mir eine große Familie an, mit gesunden Kindern, und bei einem Vogelhändler betrachtete ich eine Weile die etwas müde in ihren Käfigen hockenden Nachtigallen. Dann sah ich mir an einer Bude mit Radios die neuen Ghetto-Blaster von Hitachi an, die einem das Trommelfell zerreißen konnten, wenn man sie zu stark aufdrehte. Bei den Uhren blieb ich nur kurz stehen. Es waren Wempe und Solidor darunter, auch Citizen, aber sie sahen zu echt und zu neu aus, um wirklich Originalprodukte zu sein. Zum Schluß brummte mir ein bißchen der Schädel von dem Trubel, und ich rollte davon, Richtung Aberdeen.

Hier herrschte eine geradezu wohltuende Ruhe, und als ich an Bord meiner Dschunke war, gönnte ich mir eine ausgiebige Dusche mit tagsüber von der Sonne angewärmtem Wasser aus dem Tank, der am Mast hing. Dann rubbelte ich meine Haut rot, rollte mich auf der Matratze in ein frisches Leinentuch und war sofort eingeschlafen.

Ich verbrachte drei Tage damit, mich ziemlich ziellos in der Stadt herumzutreiben, im Zentraldistrikt auf der Insel ebenso wie drüben in Kowloon, und den Leuten auf die Füße zu gucken. Eine idiotische Beschäftigung, aber so ist das Leben eines Detektivs manchmal; spannende Autojagden und verführerische Damen gibt es meist im Fernsehen, und da denken nun die Leute, das wäre die Hauptsache unseres Berufes! Dabei läuft man, wie ich, tagelang mit gesenktem Blick herum und sucht das Grauweiß von *Tino,* aber man begegnet allen möglichen Grauweiß-Sorten, nur nicht *Tino,* denn diese Schuhe, das hatte ich inzwischen bei weiteren Erkundigungen in Schuhgeschäften herausgefunden, hatten eine imitierte Verschnürung, in Wirklichkeit wurden sie nicht zugeschnürt, sondern von einem Klettverschluß zusammengehalten. Wieder eine Besonderheit, aber das zu wissen brachte mir nichts weiter ein.

Ich schlenderte durch die Tiger Balm Gärten und durch ganz Wanchai, ich suchte in Happy Valley beim Pferderennen und im Zentraldistrikt, um die Cat Street herum, wo bereits der Abbruch läuft, dem wohl auch die Ladder Street zum Opfer fallen wird. Modernisierung.

Ich trieb mich im Hafen und am Flugplatz herum. Kowloon, das sah ich ein, würde ich nicht schaffen, es sei denn, ich würde Wochen dafür verwenden, um Tag für Tag Schuhe an fremden Füßen zu betrachten, und dabei stand gar nicht fest, daß ich auch alle Füße sah, die es gab. Irgendwann begriff ich, daß dies der falsche Weg war, um hinter die Identität des *Tino*-Mannes zu kommen. Eine ziellose Suche. Damit vergeudete man nur Zeit. Also rief ich Bobby Hsiang in seinem Polizeirevier in Kowloon an und erkundigte mich, ob es eine Spur gäbe, einen Hinweis. Es gab weder das eine noch das andere. Außer daß die Waffe, aus der der Schuß stammte, eine .38er gewesen war. Aber wer hatte nicht alles eine .38er! Bei jedem anderen Polizisten außer Bobby Hsiang hätte ich nicht einmal das erfahren, aber er tat es aus alter Freundschaft. Ähnlich wie ich, der ebenfalls aus alter Freundschaft versuchte, den Mord an Kong Wei aufzuklären, statt sich einen lohnenden Auftrag zu suchen.

Ich ließ mir von ihm die Genehmigung für einen weiteren Besuch in Kong Weis Laden geben. Er war zwar noch geschlossen, aber die Polizei hatte ihn freigegeben. Also kletterte ich durch das Gemisch von heilen und zerstörten Antiquitäten, hob da etwas auf und beobachtete dort etwas, ich las das, was von Kong Weis Schriftverkehr übrig war, auch das Hauptbuch mit den Kasseneintragungen, aber außer daß mein Freund ein ziemlich reicher Toter war, fand ich nichts heraus. Wenigstens beruhigte diese Entdeckung ein wenig das ungute Gefühl, ihm noch einige hundert Dollar zu schulden.

Nur ein kurzes Wegstück von Kong Weis Laden entfernt, an der Ecke der Granville Road, kam ich an einem anderen Antiquitätengeschäft vorbei, aus dessen Fenster mich ein knallbunter Porzellanbuddha fröhlich angrinste. Nun gibt es von dieser Art Geschäften wohl tausend und mehr in ganz Hongkong. Es gehört einfach zum Stil der Kolonie, mit Altem und Überkommenem zu handeln, abgesehen davon, daß Antiquitäten einträglich sind, wenn nur die Touristenzufuhr gut läuft. Es wird schwer zu beantworten sein, ob in Hongkong auf Flohmärkten mehr gebrauchte Primuskocher angeboten werden als im Antikhandel Buddhafiguren. Jedenfalls brachte mich das grinsende Gesicht des Allgütigen auf eine neue Idee. Ich betrat den Laden und erkundigte mich bei dem ziemlich alten, zurückhaltend-höflichen Besitzer, ob ihm schon einmal der Begriff *schwarzer Buddha* untergekommen sei.

Da er nicht sofort den weißbehaarten Kopf schüttelte, konnte ich annehmen, daß er nachdachte. Und schließlich, wohl weil er in den nächsten Minuten keine Kundschaft erwartete, gab er mir eine ziemlich erschöpfende Auskunft:

»Es existieren unzählige Arten von Buddhadarstellungen, seit Jahrhunderten, auch eine Unzahl von Materialien. So gibt es sitzende und liegende, ja sogar stehende Buddhas, sie sind aus Jade und aus Messing, aus Holz und Porzellan, neuerdings auch aus Kunststoff, und in der Pekinger Gegend, so weiß ich, knetet man sogar welche aus einer Art ungesäuertem Brotteig. Wenn Sie wollen, können Sie ein Produkt haben, das aus Taiwan kommt. Sitzender Buddha, der die Nationalhymne spielt, wenn man ihn hochhebt. Die Figur in meinem Fenster kommt aus Thailand. Dort gibt es eine Kunstrichtung, mit möglichst grellen Farben zu arbeiten, etwa wie auf Neujahrsbildern. Aber schwarz... natürlich gibt es schwarze oder geschwärzte Buddhas. Holz. Auch Bronze wird, wenn sie altert, ziemlich schwarz. Eisenholzbuddhas sind schon im Neuzustand schwarz. Ihre Frage bezieht sich doch auf das Material, oder?«

Wenn ich das nur so genau gewußt hätte! Ebensogut konnte sich die Bezeichnung auch auf die Darstellung selbst beziehen. Irgendwo hatte ich gelesen, in Afrika gäbe es sogar Darstellungen von Jesus Christus und der Mutter Maria als Schwarze. Möglich schien alles.

»Als Neger? Buddha?« Als er diese Vermutung hörte,

schüttelte der Alte energisch den Kopf. »Nein, nein. Jedenfalls wäre mir das völlig neu. Da muß es sich um einen Irrtum handeln. Oder um eine Geschmacklosigkeit. Aber Sie dürfen sich gern einmal mein Regal mit den verschiedenen Darstellungen des Allweisen ansehen, Mister.«

Er zog einen Vorhang beiseite, und ich sah sie in einem Regal, die Abbildungen des Gütigen, sitzend, stehend, liegend, Holz, Metall, eine sogar aus buntem japanischem Leucht-Acryl, auf die der Ladeninhaber etwas abfällig deutete, während er sagte: »Ein besonders abartiges Stück. Für sehr primitive Souvenirsammler geeignet.«

Natürlich, die kauften auch Postkarten, deren Oberfläche lichtgrün war, mit nichts weiter drauf, und auf deren Rückseite gedruckt stand: »Gruß aus der Weite des Pazifik«.

Der Antiquar besaß auch eine ziemlich große Figur eines Buddhas im Lotossitz. Sie stand hoch oben im Regal, und sie war so gut wie schwarz. Als ich mich danach erkundigte, lächelte der Alte nur mitleidig und klärte mich auf:

»Ich habe sie aus Gefälligkeit einem armen Teufel abgenommen, sie ist so gut wie nichts wert. Schwerer Gußkörper, wahrscheinlich geschmolzener Schrott, in einer Form gegossen. Die Oberfläche wurde, wohl um sie zu glätten, dann noch mit einer Plasteschicht überzogen. Genauso indiskutabel wie die aus Acryl.«

Er konnte mir nicht helfen, das sah ich ein, und so verabschiedete ich mich mit Dankesworten, die er höflich zurückwies: es sei eine Freude für ihn gewesen, mir Auskunft zu geben. Erst später fiel mir ein, daß ich mich nicht einmal vorgestellt hatte. Und ich erinnerte mich, daß ich um Mittag mit einem Klienten einen Treff im *Mandarin* vereinbart hatte, einem der großen Luxushotels im Zentraldistrikt. Also nahm ich den Tunnel zur Insel hinüber und fuhr in dem Spätvormittagsgewühl des ungezügelten Stadtverkehrs, bis ich am *Mandarin* anlangte und wie durch ein Wunder entdeckte, daß die Anzeige der Tiefgarageneinfahrt auf Grün stand.

Ich hatte für den Klienten ein paar Beobachtungen erledigt, die mit den ausgedehnten Ausflügen seiner Gattin zusammenhingen, von deren Harmlosigkeit er nicht überzeugt war. Ein Geschäftsmann aus der zwar nicht mehr hochprofitablen, aber immerhin noch einnahmeträchtigen Textilbranche, der schon im Dachrestaurant des Hotels auf mich wartete. Den Ort hatte er selbst gewählt, wohl um jegliche Nachricht, die ich brachte, gut oder schlecht, wenigstens durch eine wohlschmeckende Mahlzeit erträglich zu machen oder zu feiern, je nachdem. Es war mehr je als nachdem. Eine dieser Routineschnüffeleien, die man in meinem Beruf einfach machen mußte, um zu verdienen. An den spektakulären Fällen verdiente man nämlich meist nicht viel. Im Gegenteil, man setzte meist mehr ein. Ein Ehemann nun, den die Eifersucht anknabberte, der zahlte gut und in bar. Ich hatte eine Woche gebraucht, um herauszufinden, daß er ein treues Weib hatte. Mit nur einer Schwäche: sie lief fast täglich, während ihr Mann das Oberhemdengeschäft betrieb, durch Dutzende von Läden und schien an einem Leiden zu kranken, das in dem Drang bestand, buchstäblich alles zu sehen, zu begutachten und vorgeführt zu bekommen, was unter der Sonne Hongkongs in einigen tausend Geschäften angeboten wurde. Vom Diamantenkollier bis zum Goldfadenbrokat aus Rotchina, von den feinsten Kosmetika bis zum Porsche-Kabrio pflegte sie alles in Augenschein zu nehmen, wobei sie nur selten etwas kaufte. Eine gelangweilte reiche Frau, die sich Träume leistet, von denen sie ahnt, daß ihr etwas geiziger Gatte sie so schnell wohl nicht erfüllen wird: das war mein abschließendes Urteil. Ich sagte es dem distinguierten Hemdenfabrikanten natürlich nicht ganz so drastisch, aber ich nahm ihm den berühmten Stein vom Herzen. Wofür er sich sogleich dankbar zeigte, indem er mir das Honorar, dezent in einem Kuvert versteckt, über den Tisch schob und mich zu einem europäischen Essen einlud, als wäre ich ein geschätzter Hemdenabnehmer aus Lyon, mit dem er den Abschluß seines Lebens tätigte. So glücklich kann man einen Mann machen, wenn man ihm weiter nichts mitteilt, als daß seine Frau sich wohlverhält, ganz so, wie sie es bei der Eheschließung gelobte.

Von hier oben hatte man einen überwältigenden Blick auf den Victoria Hafen mit seinen Dampfern und Barkassen, den hin- und herflitzenden Motorbooten und Zollkuttern, man konnte die Uhr im Glockenturm erkennen, drüben am Star Ferry Terminal, wo die Fähren ganze Völkerschaften zwischen Hongkong und Kowloon zu befördern hatten, immer noch, trotz des Tunnels.

In der Ferne war in der flimmernden Luft gerade noch die Südspitze Kowloons zu erkennen. Während mein Gastgeber sich über die erwiesene Treue seiner Frau freute, genoß ich den Ausblick. Und da das Essen uns eine intensive Unterhaltung ohnehin nicht erlaubte, überlegte ich weiter, wie ich denn endlich an den Träger der *Tino*-Schuhe mit der verräterischen Sohle herankommen könnte.

Als ich den Textilmann zwischen Pampelmusenkompott und Schokoladendessert fragte, ob er persönlich *Ti-*

no-Schuhe tragen würde, runzelte er die Stirn. Ich entschuldigte mich für die unangemessene Frage, aber er schien sie gar nicht als Belästigung zu empfinden, vielmehr klärte er mich mit dem Wissen des Bekleidungsfachmanns auf:

»Mister Lim, diese Firma ist zwar teuer, aber sie gehört nicht etwa zu den Spitzenhäusern der italienischen Branche. Das ist eine jener Nobelmarken, sogenannten, müßte man eigentlich sagen, die ein wirklich feiner Mann nicht trägt, nur der Angeber. *Tino* ist eine Marke, die von Leuten bevorzugt wird, die Eleganz nicht wirklich pflegen oder im Blut haben, sondern nur vortäuschen. Ich würde sagen, man kann sie an Taugenichtse verkaufen, an Zuhälter vielleicht, ich entschuldige mich für meine Deutlichkeit. Nein, für mich käme so etwas nicht in Frage…«

Er bestellte Tee. Und ich überlegte. Zuhälter. Das engte nicht nur das Milieu ein, sondern auch ein wenig die Altersgruppe. Ob ich mit dieser neuen Erkenntnis weiterkam? Nach dem Kweiblütentee, der zwar nicht zu einer europäischen Steakmahlzeit paßte, aber von erlesenem Geschmack war, schieden wir als gute Freunde. Und ich war wieder allein mit meinen Überlegungen über einen Mord und mit meinem siebenjährigen Toyota, der sich tapfer durch das Gewühl in Richtung Aberdeen kämpfte. Ich hatte beschlossen, den Tag einen Tag sein zu lassen. In der Tasche ein Bündel Geldscheine, von dem ich der Steuer nur die Hälfte melden würde, kletterte ich schließlich an Bord meines schwimmenden Refugiums, stellte das Radio an und fläzte mich in einen Deckstuhl. Wie kam ich weiter?

Einer Antwort enthob mich zunächst Li, besser bekannt unter ihrem Kosenamen Pipi, eine kleine, aparte Chinesin, die eine Schwäche für mich hatte. Sie war in Wanchai aufgewachsen, wie ich auch, hatte aber später, nachdem sie eine Zeitlang Kellnerin in einer der Kneipen in der Lockhardt Road gearbeitet hatte, den Absprung in eines der feineren Hotels am Rande der Causeway Bucht gefunden, das *Excelsior,* wo sie hinter dem Tresen der Rezeption stand.

Den Aufstieg hatte sie ausnahmsweise nicht einer Schlafgefälligkeit gegenüber dem Manager zu verdanken, nein, sie war nicht nur ein fleißiges Mädchen, sie war klug, umsichtig, verstand sich zu pflegen und zu kleiden und mied anrüchige Männerbekanntschaften. Alles Eigenschaften, die man in der Chefetage eines Luxushotels wohl zu schätzen wußte. Außerdem besaß Pipi einen untrüglichen Blick für Menschen. Und das prädestinierte sie geradezu für eine Rezeptionistin. Sie konnte auf Anhieb unterscheiden, ob ein Gast tatsächlich wohlhabend war oder ob er sich nur so gab; ob er bereit war, im Hotel Geld auszugeben, oder ob er sich verstecken wollte. Sie unterschied durch aufmerksames Hinsehen Ehefrauen von Geliebten und hörte selbst am Telefon noch eine Menge über Gäste heraus, die Bestellungen aufgaben. Und sie brachte es fertig, den aufgebrachtesten Unzufriedenen durch ihren unerschütterlichen Charme zu beruhigen, wenn er an der Anmeldung laute Beschwerden vorbrachte – kurzum eine Perle. So etwa das, was immer auf den Werbeanzeigen abgebildet ist: *Dies ist Asien! Es empfängt Sie im Hotel Excelsior in Hongkong mit dem unwiderstehlichen Zauber östlicher Lebensfreude!* Nun ja.

Pipi kam mit einem Walla Walla. Das sind Mietsampans, die zuweilen, wenn der Besitzer es sich leisten kann, einen billigen Außenbordmotor haben. Ein solches Ding hörte ich schon von ferne rattern, aber ich achtete erst darauf, als das Geräusch unmittelbar an meiner Dschunke plötzlich erstarb. Solche Sachen machen mich stets vorsichtig, und so warf ich einen Blick über die aus Hartholz kunstvoll geschnitzte Reling meiner Dschunke. Da war sie. Pipi. Winkend. Zu ihren Füßen stand die bunte Tragetasche, woraus ich entnehmen konnte, daß sie über Nacht bleiben würde. Ich ließ die Strickleiter herab, außerdem eine Leine mit einem Haken, um ihre Tasche heraufzuziehen. Pipi brauchte beide Hände beim Klettern. Der Walla-Walla-Fahrer hatte es nicht eilig wegzukommen, obwohl er längst bezahlt war: Pipi trug eines dieser Minis, über die manche Leute sich die Lunge aus dem Leib schimpfen, und ihre Unterpartie, vom Wasser aus gesehen, war schon eine Minute Zeit wert!

Als sie an Bord gehüpft war, umhalste sie mich zuerst ausgiebig, dann roch sie Spuren von Alkohol in meinem Atem, schimpfte über die schlechten Zigaretten, die ich rauchte und die angeblich den Atem eines Mannes zur Zumutung werden lassen, plapperte etwas von einer neuen Zahncreme, die sie mitgebracht hatte und die helfen würde, angeblich, doch zuletzt war sie wieder die gute alte Pipi, die so froh war, mich zu sehen, daß sie Mühe hatte, keine Freudentränen zu vergießen.

»Du bist brutal«, zog ich sie auf, »der Walla-Walla-Mann wird jetzt seinen Tagesverdienst in einem Freudenhaus drangeben, nur um sich von der Erinnerung an deinen Hintern zu befreien – kannst du zur Abwechslung nicht mal Jeans tragen, wenn du beabsichtigst, Strickleitern heraufzuklettern?«

Sie lachte ihr unnachahmliches, verschmitztes Lachen. »In Jeans habe ich auch einen Hintern!«

»Kriegst du im Hotel nicht dauernd Schwierigkeiten, weil du die Leute zum Amoklaufen reizt?«

»Im Gegenteil, Einladungen kriege ich!« konterte sie. »Und im übrigen haben wir Zimmermädchen, die tragen kürzere Minis als ich. Bücken sich damit noch über Betten, wenn sie die Zimmer aufräumen. Manchmal sehen die Gäste zu. Aber mich können sie ja nur vom Kopf bis zum Nabel sehen, der Rest ist Theke! Ich bin der anständigste Anblick des ganzen Hotels, du Spießer!«

Ich gab es auf. Pipi fühlte sich warm und weich an wie immer, ihr Gesicht strahlte, sie duftete nach etwas, das ich für französisch hielt, und sie war gewiß nicht gekommen, um mit mir über die Länge der Miniröcke des Hotelpersonals zu streiten. Streit war überhaupt nicht Pipis Sache, sie war von Natur aus ein fröhlicher Mensch. Einmal waren wir zusammen im Tiger Balm Garten und besahen uns die nachgebauten Tempel mit ihren Figuren. Dabei schiß mir einer der großen Vögel, die dort herumschwirren, kräftig auf das Revers meines neuen Rohseidenanzugs. Ich war wütend. Pipi aber klatschte in die Hände und freute sich: »Mach nichts daran, Lim, Darling, die Leute werden es für eine neue Art von Schmuckplakette halten, du weißt schon, für eines dieser ausgefallenen Accessoires!«

Könnten Sie einem solchen Mädchen böse sein, wenn es plötzlich erscheint, mit Flatterhemd und Zahncreme, und Ihnen einfach zu erkennen gibt, es möchte über Nacht bleiben und dabei möglichst nicht nur schlafen? Ich kann das nicht, und deshalb verbrachten wir trotz aller Probleme, die mir der Mord an Kong Wei bereitete, einen vergnügten Abend. Pipi brutzelte etwas aus Eiern und Pilzen zusammen, wir tranken Bier dazu, von dem ein ausreichender Vorrat an Bord war, und wir tanzten sogar, als aus dem Radio der leise Sound von Tim Barker kam. Da drehte Pipi lauter, und wir wiegten uns zu dem Klang, eng aneinandergeschmiegt, eigentlich waren wir Liebesleute, nur nahm das keiner von uns so besonders schwer, wir trafen uns eben, wenn der eine oder der andere Lust dazu hatte, und wir stellten keine Bedingungen auf. Meine Mutter – wenn sie von meinem Verhältnis zu Pipi mehr gewußt hätte – wäre für den Rest ihres Lebens schamrot geworden und hätte mich darüber aufgeklärt, daß selbst amerikanische Marinepiloten vergleichsweise mehr Moral haben als solche Mädchen.

Ich hingegen fühlte mich, wenn ich mit Pipi zusammen war, immer recht wohl, so auch jetzt. Und deshalb war es mir auch ganz recht, als sie während des Tanzens mit einemmal ihren Mund an mein Ohr drückte und mir zuflüsterte: »Lim, Darling, ich würde dich jetzt viel lieber in mir haben als an mir, was hältst du davon?«

»Viel!« gab ich zurück. Es war lange her, daß wir beisammen gewesen waren. Also warf sie ihre Bluse, den Minirock, und was sie darunter trug, ab, verbrauchte einen Schwall Wasser aus dem Duschtank am Mast, und dann begaben wir uns nach unten, auf die Matratze, wo wir bald in Schweiß gerieten, weil Pipi eben alles andere als ein temperamentloses Mädchen war. Und wir waren beide mehrmals zufrieden mit dem Gefühl des Stratosphärenfluges, das wir uns gegenseitig bereiteten. Das Nachthemd zog sie bis zum Morgen erst gar nicht an. Es hätte sich nicht gelohnt.

Schläfrig, wie ich war, bekam ich am nächsten Mittag

gerade noch mit, daß sie sich von mir verabschiedete und mir verriet, sie habe von drei bis Mitternacht Dienst. Kurz darauf hatte sie ein vorüberdriftendes Walla Walla herbeizitiert, kletterte die Strickleiter hinab, und ich hörte, wie das kleine Fahrzeug davontuckerte. Ach ja, daß ich sie gelegentlich anrufen sollte, hatte sie auch noch verlangt. Und mir fiel erst gegen Abend ein, daß ich auch sie nach einem Dandy hätte fragen sollen, der möglicherweise diese *Tino*-Schuhe trug. Doch beim Charakter des Hotels, in dem sie arbeitete, war kaum zu erwarten, daß solch ein Typ dort verkehrte.

Am Abend entschloß ich mich, wieder einmal bei Hamburger Charly vorbeizuschauen, schließlich waren wir verabredet. Am Heck hatte ich für alle Fälle ein kleines flaches Plastboot angeleint, das benutzte ich, um an Land zu kommen. Der Abendverkehr meinte es gnädig mit mir, und ich kam gut vorwärts, zumal die meisten Büros im Zentraldistrikt längst geschlossen waren und die Beamten bereits abgefahren. Also schlenderte ich über *Poor Man's Night Club*, der das übliche Bild bot, mit einer Ausnahme: heute schien der Tag der Japaner zu sein, denn die kleinen Gestalten von den Inseln hopsten überall zwischen den Buden herum und ließen ihre Blitzlichter aufflammen, um bärtige Inder mit zahmen Kobras oder flinke Zauberer mit ihren Kameras zu porträtieren. Ich wühlte mich bis zu Charlys Bratstand durch, und als ich ihn über eine Reihe von Touristen mit diesen japanischen Karnevalshüten hinweg anrief, winkte er sogleich, ich solle mich hinten in die Nähe des Bratblechs setzen und warten. Von einem der Mädchen bekam ich eine Büchse Bier zum Zeitvertreib, und ich entdeckte wieder, daß Charly wohl doch der bessere Geschäftsmann von uns beiden war – er hatte eine batteriebetriebene Eisbox angeschafft, die dem Bier genau die rechte Temperatur verlieh, bei der abendlichen Hongkonger Schwüle.

»Wo bist du nur die ganze Zeit gewesen?« stellte er mich zur Rede, als sei ich einer seiner Angestellten, der ein paar Tage ohne Grund nicht zur Arbeit gekommen war. Wir einigten uns schließlich darauf, daß mein Beruf mir einiges abverlangte, und er knurrte:

»Gut, also ich habe schon seit gestern einen Tip für dich. Du hast mir diese verrückten Turnschuhe beschrieben, und ich habe beim *Weißen Mohn* meine Fühler ausgestreckt. Von den Jungens dort trägt sie keiner. Aber Lao Dang hat mir den Gefallen getan, sich umzuhören. Es gibt einen Mann, der solche Latschen täglich an den Füßen hat. Dazu eine in Grenzen helle Hose und ein Hawaii-Hemd mit der Stadtkarte von Honolulu drauf, in Farbe. Wenn das nicht gerade gewaschen wird. Er ist so alt wie du, auch etwa so groß, hat schwarzes, gekräuseltes Haar und hört auf den Namen Rico Aranquez...«

»Klingt portugiesisch, oder irre ich mich?«

»Er soll aus Macao sein. Portugiese, sicher. Muß gut verdienen. In den Triaden hat er als Ausländer nichts zu suchen. Man vermutet, daß er für einen Gweiloh arbeitet, aber das weiß man nicht genau, weil diese Ausländer sich sehr gut absichern. Er soll jede Art Arbeit übernehmen, vorausgesetzt, sie wird gut bezahlt. Viel mehr weiß man nicht über ihn. Aber – er ist mindestens einmal die Woche in einem Fitness Center in West Point anzutreffen, das heißt *Tiger Hall.* Reicht das?«

»Und ob mir das reicht, Charly! Du bist unschlagbar!«

»Lao Dang ist es.«

Ich zog einen Hundertdollarschein aus der Tasche, faltete ihn zusammen und steckte ihn Charly zu. Er quittierte es mit einem Blinzeln und später mit einem Hamburger. Gratis.

Ich machte mich am nächsten Vormittag auf den Weg. West Point war eines der ältesten chinesischen Wohngebiete auf der Insel, es schloß sich westlich an den modänen Zentraldistrikt an und bestand aus einem Gewirr von Gassen und schmalen Straßen. Von einer Seite zur anderen zogen sich meist Wäscheleinen, auf denen Hemden und Hosen hingen wie Fahnen im Wind.

Die Gassen beherbergten neben den Bewohnern eine Unmenge von kleinen Läden, Werkstätten, Restaurants, Stundenhotels, Karate-Studios und überhaupt jede der tausend Einrichtungen, die zum chinesischen Leben gehören, von der Druckerei für Begräbnisgeld bis zum Hinterhof, auf dem Räucherstäbchen getrocknet werden. Eine Gegend, die Wanchai ähnelt, nur daß sie nicht so protzig ist und so bekannt. Und sie zieht deswegen auch nicht so viele ausländische Touristen an. Die kommen meist nur bis zur Ladder Street und zum Man Mo Tempel, und wenn sie die Greifbagger sehen, die in der Gegend neue Tatsachen schaffen, flüchten sie in angenehmere Stadtteile.

Ich ließ meinen Toyota irgendwo am Rande des Gassenviertels stehen, weil die Durchfahrten hier so eng waren, daß gerade noch eine Fahrradrikscha passieren konnte. Zu Fuß ging ich weiter. Es war das vertraute Bild, es waren die vertrauten Farben und Gerüche, die

Geräusche. Kindergeplärr und Weibergezänk, Wäsche, die irgendwo geschlagen wurde, das Hämmern von Kesselschmieden und das Geklingel der Wasserverkäufer und Topfflicker, es waren die verschlungenen Schriftzeichen auf den Namensschildern der Geschäfte, das Schnarchen eines am Gassenrand Schlafenden, der Geruch nach Weihrauch und Mottenkugeln, nach Gullys und Urin, aber auch nach frisch vor der Haustür gebratenem Fisch oder dem Karbid des Schweißers, der einen Schaufensterrahmen zusammenfügte, mitten auf der Gasse, so daß ich der zischenden Flamme ausweichen mußte. Er quittierte es mit einem Grinsen hinter seinem Blendschutz.

Tiger Hall war nicht weit entfernt vom Man Mo Tempel, der ältesten buddhistischen Gebetsstätte der Insel, zwischen einer Karate-Schule, aus der in Abständen tierisches Gebrüll kam, und einer Korbflechterei, die vorwiegend Sessel und Kinderwagen herstellte. Auf der Straße wurde gearbeitet, vor einer garagenähnlichen Halle, in der das Material lagerte und die Enkelkinder auf Matten schliefen. Was tun? Am besten, ich ging hinein, in das Trainingszentrum. Wenn sich dieser Rico zeigte, würde ich es merken.

Der Manager ähnelte einem Schauspieler aus einem Film der Shaw Brothers, er lief halbnackt herum, sah muskulös aus, hatte eine Glatze, flinke Augen und Hände, denen man ansah, daß sie bereits in der Karate-Schule nebenan gehärtet worden waren. Ich selbst hatte Karate nur so weit studiert, um mich gegen einen Angriff verteidigen zu können, als Sport war es mir zu anstrengend, und die Lektionen waren auch ziemlich teuer. Außerdem hatte es einen Haken: Wenn man von einem Karate-Mann ernsthaft angegriffen wurde, starb man entweder selbst, oder man mußte ihn töten. Keine der beiden Lösungen war mir sonderlich sympathisch.

Als der Manager mich jetzt freundlich fragte, was er tun könne, um mich glücklich zu machen, beklagte ich meinen nicht ganz befriedigenden körperlichen Zustand, und er begriff sogleich, daß er in mir einen Kunden vor sich hatte, der ein paar Übungen absolvieren wollte, einmal die Woche vielleicht.

Der Mann war trotz seines martialischen Aussehens freundlich und hatte offenbar ein umgängliches Wesen. Er nannte mir einen annehmbaren Preis, zu dem ich seine Geräte in der Halle hinter dem Umkleideraum benutzen könnte, und ich besah mir das alles erst einmal, wie um mich damit vertraut zu machen: Leitern, Seile, Stangen, Rudereinrichtungen, Streckzüge, Gewichtstangen – alles, was solch moderne Folterkammer eben ausmacht.

»Sie können gleich anfangen«, bot der Manager mir an, nachdem ich vier Stunden im voraus bezahlt hatte. Meinen Revolver hatte ich zum Glück im Auto gelassen, aber natürlich hatte ich keine Sportkleidung mitgebracht. Dem sei leicht abzuhelfen, freute sich der Mandschu-Krieger und legte mir aus seinem Vorrat Turnhose und Hemd hin. Der Preis war moderat. Ich murmelte auf gut Glück etwas davon, daß Ricci mir gesagt hätte, hier sei mehr Betrieb. Und ich traf ins Schwarze.

»Sie meinen Rico, Mister, nicht wahr?«

Ich stellte mich einfältig und schüttelte den Kopf. »Rico? Nein, Ricci, das ist ein Junge aus meiner Nachbarschaft. Er hat wohl mal hier hereingeschaut. Ist aber schnell wieder abgesprungen. War ihm zu anstrengend. Warum Rico?«

Der Manager war alles andere als mißtrauisch. Er winkte grinsend ab. »Ich verstehe, das sind zwei verschiedene Leute. Nicht jeder stellt sich bei mir vor. Manche bleiben nach der ersten Stunde schon weg. Zu faul. Trifft wahrscheinlich auf Ihren jungen Burschen auch zu.«

Wieder stellte ich mich dumm. »Der hieß aber Ricci. Wegen dem spanischen Vater. Nicht Rico. Hat er sich so vorgestellt?«

Inzwischen hatte ich die Trainingskleidung angelegt, und der Manager konnte sich nicht verkneifen, anerkennend die Lippen zu schürzen, in der Tat, ich hatte kein Gramm überflüssiges Fett am Körper. Lachend sagte er: »Nein, nein. Rico ist schon Rico. Der kommt immer am Donnerstag, regelmäßig. War eine Verwechslung. Diese spanischen Namen sind ja auch den portugiesischen ganz ähnlich...«

Er winkte ab, als wisse er alles über Spanier und Portugiesen. Dann meinte er noch, wenn ich Lust hätte, könnte ich für die gleiche Gebühr gern länger als die vereinbarte Stunde bleiben, der Hauptbetrieb ginge erst in den Nachmittagsstunden los, später. Worauf ich ihm dankte und versprach, das nächste Mal auch am Nachmittag zu kommen, mit mehreren Leidensgenossen zusammen mache Training eben mehr Spaß. Er lächelte wissend, als ich mich auf die Pritsche unter der Gewichtsstange niederließ. Donnerstag. Vermutlich nachmittag. Heute war, das zeigte meine Uhr, Dienstag. Also übermorgen. Ich griff nach der Stange und zog. Der Kunde vor mir mußte Schlepper im Hafen gewesen sein!

Besagter Rico war nicht ganz so groß wie ich. Ein gedrungen wirkender Körper, Arme und Beine mit viel Muskeln und ein Kopf, der am besten mit dem Begriff *markant* zu kennzeichnen war: breitflächiges Gesicht, schwarze, hart blickende Augen, etwas aufgeworfene Lippen und krauses schwarzes Haar. Nase und Ohren machten auf mich den Eindruck, als habe der Mann in früheren Zeiten einmal geboxt, aber da konnte man sich täuschen, wie ich wußte. Jedenfalls schien es ihm an Kraft nicht zu mangeln, denn er stemmte so ziemlich alles, was aufzustecken ging, und als er die Sandbirne bearbeitete, merkte ich, daß er einen gesunden Schlag in der Rechten hatte. Kein Mann, mit dem man sich mutwillig anlegte. Ich machte mir meine Gedanken über ihn. Auf den ersten Blick ist schwer zu sagen, ob jemand gewalttätig ist oder nicht. Da kann man sich irren, wie bei den Boxern. Ich hatte schon zu viele graue Mäuse gesehen, die erstaunliche Untaten vollbrachten. Und Karate-Gestalten, die es nicht fertig bekamen, auch nur ein Huhn zu schlachten. So beschloß ich, vorsichtig vorzugehen und auf alles gefaßt zu sein. Zunächst galt es, mit dem Mann ins Gespräch zu kommen.

Als ich nach einer Stunde kräftezehrenden Trainings bewundernd in der Nähe seines Federzugapparates stehenblieb und mir mit dem Handtuch prustend den Schweiß von Gesicht und Nacken wischte, streifte er mich nur mit einem kurzen Blick und machte weiter. Aber der Blick war nicht unfreundlich. Ich vermutete, daß er einen Anteil chinesischen Blutes hatte, seine Augen sahen mir danach aus. Und bei mir würde er es ohne Mühe erkennen können, ich vermochte meine Herkunft ohnehin nicht zu leugnen.

»Jesus Christ«, sagte ich ebenso anerkennend wie leutselig, als er eine Pause einlegte. »Das werde ich wohl in zwei Jahren noch nicht schaffen, immer voll bis zum Anschlag und volles Gewicht!«

Er lächelte nur und machte weiter. Sagte kein Wort. Also machte ich erst eine Weile am Radtrainer weiter, sozusagen ein leichtes Auslauftraining nach der härteren Gangart. Aber ich behielt ihn im Auge. Und ich kam ihm zuvor, als ich merkte, daß er sich anschickte, Schluß zu machen. Vor ihm war ich im Duschraum, und auch im Umkleideraum erwartete ich ihn schon, als er mit vom heißen Wasser geröteten Gesicht eintrat und zu seinem Spind ging.

Tiger Hall war kein supermondänes Fitness-Center, wie es sie in den Luxushotels in Victoria gibt, es war sogar ein wenig primitiv, wie so manches in den chinesischen Wohnbezirken. Es gab hier nur die Duschen, während die Luxuseinrichtungen Whirlpools hatten und Höhensonnen oder sogar eine komplette Sauna. Man zog sich vor seinem Spind um wie ein Sportler im Stadion. Für den Spind hatte man einen Schlüssel, den man beim Weggehen dem Manager abzugeben hatte. Der Umkleideraum war nicht sehr groß, und so fiel es mir auch nicht sonderlich schwer, Rico zu beobachten, wie er sich ankleidete. Der Mode folgend, trug er Boxershorts als Unterwäsche, darüber kam, wie Charly Soong es genannt hatte, eine in Grenzen helle Hose sowie ein Sweatshirt, auf dem zu lesen war, daß die Hudson-Universität, wo immer die lag, die berühmteste Einrichtung Amerikas sei. Und dann zog Rico seine Schuhe aus dem Spind! Ich erkannte sie sofort. Kein Irrtum möglich: das war die Marke *Tino*, grau-weiß mit dem Klettverschluß. Trotzdem: bevor ich nicht einen Abdruck der Sohle zum Vergleich hatte, war ich so klug wie zuvor. Da mußte ich mir wohl etwas einfallen lassen. Und es würde Zeit brauchen, um den Beweis herbeizuschaffen, daß der Mann genau jenen Schuh trug, dessen Abdruck ich bei Kong Wei gefunden hatte. Immerhin aber hatte ich meinen Mann, wie ich glaubte, und der Rest würde von meiner Findigkeit abhängen. Vorausgesetzt, ich suchte überhaupt in der richtigen Richtung. Nun, jetzt hieß es erst einmal, Rico nicht aus den Augen zu verlieren.

Als ich sah, daß er die Gasse in der Richtung ging, die zu meinem abgestellten Auto führte, beschloß ich, ihm mit dem Toyota zu folgen, falls er selbst ein Auto fuhr. Wer einen alten Mann erschoß, so dachte ich mir, der hatte in aller Regel irgendwo ein Fluchtfahrzeug stehen, um schnell vom Tatort wegzukommen. Ich täuschte mich nicht. Ganz in der Nähe meines Toyota parkte ein grüner Wrangler-Jeep mit blitzenden Chromstoßstangen, die einen Ochsen beiseite schieben konnten. Der Herr war durch und durch sportlich! Und gekostet hatte das schöne Stück auch einiges.

Es gelang mir, hinter ihm zu bleiben, obwohl er nicht etwa sofort in die Gegend mit den breiteren Straßen fuhr, sondern sich etwas weiter südwärts bewegte, in das Viertel hinter dem Man Mo Tempel, bis er dann zwischen Baumaschinen und Arbeitskolonnen in die Hollywood Road einbog, wo er vor dem *Snake Saloon* parkte, einem Restaurant, dessen Spezialität Schlangenfleisch ist. Er schloß den Wrangler ab, scheinbar wollte er sich nach dem anstrengenden Training in aller Ruhe eine Mahlzeit einverleiben. Ich fand auch noch einen Abstellplatz in einiger Entfernung, und da saß ich nun und überlegte. Hineinzugehen und ihn zu einem Bier einzuladen war nicht ratsam. Es würde wohl auch wenig Sinn haben, ihn geradeheraus zu fragen, ob er Kong Wei umgeschossen hatte. Ich brannte mir eine Zigarette an und forderte meine grauen Zellen. Ohne Erfolg vorerst.

Als ich den Zigarettenstummel aus dem Fenster warf, fiel mein Blick auf eine Gestalt, die auf dem Bürgersteig der anderen Straßenseite kniete und mit Fettkreide ein Gemälde schuf, direkt auf dem Beton. Hoang, der Künstler, so nannten die Leute ihn, ein in dieser Gegend bekannter Mann, auch in Wanchai, ein etwas verwachsener Chinese von schwer bestimmbarem Alter, der fraglos Maltalent besaß. Er hatte sich allerdings erst seit ein paar Monaten wieder darauf besonnen. Vorher war er als Taschendieb aufgetreten, in diversen Wing-On-Kaufhäusern. Ich kannte ihn. Hatte ihn einmal beobachtet, wie er an einem Verkaufsstand eine relativ billige Mondphasenuhr verschwinden ließ. Da ich mit Wing On nicht im Geschäft bin und auch nicht mehr bei der Polizei angestellt war, hatte ich ihm draußen vor dem Laden nur auf den Buckel geklopft und gefragt, wieviel die Uhr denn kosten solle. Selbstverständlich kaufte ich sie nicht, aber ich machte ihn aufmerksam, daß Wing On kürzlich neue Hausdetektive eingestellt hatte und die Sache beim nächsten Mal gefährlich für ihn ausgehen könnte. Die Burschen besaßen nämlich Knüppel, und wenn sie Hoang damit auf den Buckel schlugen, würde das weh tun. Abgesehen von dem, was danach auf ihn zukam. Wir waren als Freunde geschieden. Er wußte nicht einmal, daß ich Detektiv war. Und da hockte er nun und malte...

Ich sprang aus dem Wagen, und er erkannte mich sofort wieder. Freute sich sogar, denn diesmal hatte er keine gestohlene Uhr bei sich. Es müsse schnell gehen, wenn er mir einen großen Gefallen tun wolle, sagte ich ihm. Ob er wolle? Er wollte. Dabei rieb er Daumen und Zeigefinger, und ich gewöhnte ihm diese nervöse Bewegung erst einmal mit ein paar Dollarscheinen ab, worauf er sich erhob und feierlich erklärte: »Stehe zu Ihrer Verfügung, Sir!«

Hoang, der Künstler, war nicht begriffsstutzig. Fünf Minuten später hatte er mit dem Chef des *Snake Saloon* ausgehandelt, daß er direkt vor dem Eingang ein originelles Straßenbild malen würde. Dem Wirt waren die Baukolonnen, die überall Altchina einrissen, um Platz für Wolkenkratzer zu schaffen, ohnehin ein Graus, so hatte er freudig zugestimmt. Worauf sich Hoang vor den Eingang hockte und mit hellblauer Fettkreide ein Rechteck ausmalte, in das er mit knalligem Rot die chinesischen Zeichen setzte *Zertretet die Baulöwen!*

Ich selbst flitzte zu einem Laden in der Nähe, der Begräbnisutensilien verkaufte, unter anderem auch breite Rollen mit weißem Papier, die man bei einer chinesischen Bestattung zu allerlei Dekorationen verwendet. Ich erstand ein paar Meter, schaffte sie zu Hoang, dessen Bild gut gedieh, und der Künstler legte sie nach meiner Anweisung so um das Bild herum, daß einem Gast, der aus dem Restaurant kam, gar nichts weiter übrig blieb, als zuerst auf das Bild und dann auf das Papier zu treten. Wer hingegen hineinging, vollzog diese Prozedur umgekehrt.

Dann saß ich wieder in meinem Toyota, rauchte und wartete und bangte, daß mein Trick gelang. Den Eingang konnte ich sehen. Ich erkannte auch, daß der Bürgersteigmaler unvermutet den Nerv der Leute getroffen haben mußte, denn nahezu jeder, der das Restaurant betrat oder verließ, las lachend die Parole, und bis auf eine Ausnahme erntete Hoang dafür Trinkgeld und Zustimmung. Ich kam mir beinahe wie ein Sponsor vor, der einem armen Künstler zu Einkommen verhilft: und ein bißchen bedauerte ich, daß ich jetzt nicht neben Hoang stehen und die Flüche auf die Baugesellschaften hören konnte, während der Maler die Fettkreide immer dicker verrieb und gelegentlich ein Stück betrampeltes Papier auswechselte.

Rico stutzte, als er mit flottem Schwung heraustrat und das Kunstwerk sah. Dann lachte er laut, griff in die Tasche der in Grenzen hellen Hose und warf dem Maler ein Geldstück zu, das der geschickt auffing. Worauf Rico demonstrativ mit beiden Füßen auf das Bild aus Fettkreide sprang, ein paarmal darauf herumtrampelte und dann über das weiße Papier davonging, den Magen gefüllt und die Sinne heiter, wegen des lustigen Einfalls, den dieser buckelige Kerl da gehabt hatte.

Der Wrangler rollte an. Ich schaffte es gerade noch, bei Hoang kurz zu bremsen. Er schmiß mir einen Fetzen Papier ins Auto, blinzelte mir verschwörerisch zu, und dann mußte ich Gas geben, denn der Wrangler bog bereits um die nächste Ecke.

Eine Viertelstunde später parkte ich in der Macdonnel Street, unweit des Vereins christlicher junger Mädchen, und sah zu, wie Rico seinen Luxusjeep in die Tiefgarage eines der neuen Apartmenthäuser fuhr, die hier in den letzten Jahren entstanden waren. Keine unerschwingliche Wohngegend, aber immerhin eine, die ein regelmäßiges gutes Einkommen nötig machte.

Ich wartete, ob Rico vielleicht herauskommen würde,

aber er erschien eine Stunde lang nicht. Also kroch ich aus dem Toyota und betrat das vielstöckige Gebäude, das sogar einen Beschließer hatte, bei dem ich erfuhr, daß Rico in der siebenten Etage wohnte. Ob er mich anmelden solle? Ich dankte, Rico würde mich erwarten. Das beruhigte den freundlichen Mann, und er rief mir sogar noch die Nummer des Apartments hinterher, als ich zum Lift ging. Siebenhundertzweiunddreißig.

Ich fuhr bis in den vierten Stock, stieg aus und suchte die Tür, die zum Garagenaufzug führte. Als ich das Gebäude durch die Autoeinfahrt verließ, wurde es dunkel. Mit meinem Fetzen Papier auf dem Beifahrersitz fuhr ich zurück nach Aberdeen. Und hier, auf der Dschunke angekommen, goß ich mir feierlich, wie das erfolgreiche Detektive im Fernsehen zu tun pflegen, einen Schuß Suntory Whisky ein, schluckte ihn, damit eine Todsünde in den Augen meiner abstinenten Mutter begehend, und legte dann den Abdruck aus Kong Weis Laden und den Fetzen aus dem Auto nebeneinander: es war unverkennbar derselbe Schuh. Das *T* war oben leicht abgewetzt, und im *O* fehlte ein winziges Stück. Ein Beweis, wie ihn jeder Kriminalist vor Freude geküßt hätte! Ich sparte mir das. Rico war in dem Laden gewesen, soviel stand fest. Aber mehr auch nicht. Den Beweis, daß er Kong Wei getötet hatte, mußte ich erst noch erbringen. Und den Grund für den Mord herausfinden. Vermutlich gab es noch eine Menge mehr, was ich zu ermitteln hatte, bevor Licht in die Sache kam.

Ein in den Auspuffgasen des Hongkonger Zentraldistrikts ehrenvoll ergrauter, leicht asthmatischer Kriminalist hat mir einmal eingeschärft, daß man eine einmal aufgenommene Spur unter keinen Umständen aus den Augen lassen darf, bis sie sich entweder als richtig erwiesen hat oder als Irrtum. Dieser Devise folgte ich in den nächsten Tagen und forschte erst einmal über ein paar alte Bekannte im Hauptquartier der Polizei in der Arsenal Street die Person Ricos aus.

Dabei erfuhr ich, daß er mit vollem Namen Enrico Aranquez hieß und einer Mischehe aus Macao entstammte, als einziger Sprößling. Sein Vater war den Angaben zufolge Exportkaufmann gewesen, ein in Macao nicht gerade seltener Beruf, den selbst professionelle Spieler noch angeben, wenn sie denn gefragt werden. Seine Mutter stammte wiederum aus einer Mischehe zwischen einem Portugiesen und einer Chinesin. Daher wohl war mir der »chinesische Anteil« in seinem äußeren Erscheinungsbild von Anfang an so gering erschienen. Die Eltern lebten nicht mehr. Und Rico selbst hatte von jung auf in einem Wettbüro in Macao gearbeitet. Wetten auf Windhunde, die im Canidrome von Macao ihre Läufe austrugen, sind eine Art Volkssport; obwohl dabei ziemlich geschummelt wird, hält das die Leute nicht davon ab, immer wieder ein paar Petacas zu setzen. Lange Zeit war nichts Nachteiliges über Rico bekannt geworden. Aber dann, etwa um die Zeit, als in Vietnam der Krieg zu Ende ging, war er in eine Schmuggelaffäre verwickelt worden, ohne daß er überführt werden konnte. Es hieß, er sei am Vertrieb von Wertgegenständen beteiligt gewesen, die aus Einbrüchen in Saigon stammten und über Macao nach Hongkong verhökert wurden.

Angeblich, so belehrte mich ein Blick in die damalige Ermittlungsakte, den ich mir für ein gutes Trinkgeld an den Archivar verschafft hatte, war ein ausländischer Diplomat als Hauptfigur des Geschäfts in Verdacht gekommen. Weil man aber nur den Verdacht hatte und keinen Beweis, fand sich nicht einmal der Name des Diplomaten in der Akte.

Rico, der sich damals schon in der Kolonie aufhielt und als Beruf den des Kaufmanns angab, war befragt worden – ergebnislos. Allerdings ging aus dem Bericht eines Informanten hervor, daß er in Kreisen der Hongkonger Halbwelt als ein Mann galt, der für einen entsprechenden Betrag so gut wie jede Dienstleistung versah. Er sei mitunter jähzornig, und er sei von einer Verschlagenheit, die Format hätte. So etwas nannte sich in Hongkong im allgemeinen Kaufmann.

Bei einer eisgekühlten Limonade, auf die ich plötzlich Appetit bekommen hatte, saß ich eine Weile an einem Tisch vor der aufgeklappten Vorderfront eines Cafés in Victoria und dachte nach. Es war eines dieser modernen Cafés, in denen Stadtangestellte und junge Leute sich treffen, und das ständige halblaute Geschnatter um mich herum, ebenso die Musik im Hintergrund, zusammen mit dem vertrauten Straßenlärm ließen mich unberührt – es war genau die Atmosphäre, in der ich trotz aller Nachbarn und Lärmerzeuger absolut mit mir allein war. Wie geschaffen, um Überlegungen anzustellen.

Rico war mein Mann, davon war ich inzwischen überzeugt. Aber das bedeutete nicht viel. In diesem Teil der Welt muß eine Beschuldigung bewiesen werden, sonst lacht der Verdächtige das Gericht aus und bleibt frei. Kein Gericht würde Rico auf einen Schuhsohlenabdruck hin verurteilen, den ein Privatdetektiv vorlegte. Außerdem war kein Motiv zu erkennen. Was war mit jenem ominösen Buddha, von dem Kong Wei in seiner Nachricht geschrieben hatte? Rico war kein Antiquitätensammler. Also mußte er möglicherweise einen Auftraggeber haben, der sich im Hintergrund hielt.

Ich entschloß mich bei der kalten Limonade, die in meinem Magen explosionsartige Wirkungen entfaltete, Rico zunächst einmal rund um die Uhr zu beobachten. Um dafür gerüstet zu sein, schlief ich mich gründlich aus, stopfte am nächsten Morgen ein paar Pakete Keks und Zigaretten, Bierbüchsen und Zeitungen in meinen Toyota, dann fuhr ich los.

Der Toyota hat einen unschätzbaren Vorteil, er besitzt getönte Scheiben, die nicht nur das grelle Sonnenlicht angenehm brechen, sondern auch durch ihre Spiegelwirkung den Blick ins Innere recht wirksam unterbinden. Zur Vorsicht steckte ich noch meinen 41er Magnum in den Hosenbund, und so ausgerüstet, postierte ich mich in einer frühmorgens noch freien Parklücke gegenüber dem Appartementhaus, in dem Rico wohnte. Von hier aus hatte ich Überblick, und es bot sich die Chance, jederzeit in beliebiger Richtung abzufahren. Um acht Uhr hob sich das Garagentor. Jemand in einem alten Ford fuhr davon. Dann konnte ich die verschiedensten Leute sehen, die das Haus verließen. Ein Lieferwagen brachte einen Teppich, ein anderer trug die Aufschrift einer Televisionsgesellschaft, dann wieder wechselten Frauen mit Einkaufstüten und Männer, die schon ziemlich bei Jahren waren und offenkundig zum Spaziergang aufbrachen. Nur Rico erschien nicht.

Ich rauchte eine Zigarette nach der anderen, trank

eine Büchse Bier, schlug irgendwann in einer Gruppe von Büschen, die sich dafür anboten, mein Wasser ab, wobei ein vorübergehender Herr mißbilligend den Kopf schüttelte, und endlich, kurz vor Mittag, tauchte aus der Garage der chrombestückte Wrangler-Jeep mit Rico auf.

Er fuhr ohne Verdeck, und ich wünschte ihm insgeheim einen jener plötzlichen Regengüsse, für die Hongkong berühmt ist. Aber die kamen meist erst am Nachmittag, und so folgte ich dem Jeep, der ein gemächliches Tempo fuhr, in Richtung Osten. Halt machte er erst am Deep Water Bay Strand, einer jener Gegenden, in denen man sich zwischen Hunderten von anderen Badegästen auf einem Handtuch oder einer geliehenen Pritsche von der Sonne bescheinen lassen kann. Feiner heller Sandstrand zeichnet die Gegend aus. Radiomusik flattert durch die sanfte, von der See angenehm gewürzte Luft. Jungen mit Kästen voller Eiscream laufen hin und her, andere verkaufen Cola oder Zigaretten, Nüsse oder geröstete Krabben, ja selbst einen gegrillten Maiskolben kann man haben, Popcorn oder Kartoffelchips.

Einen Beutel Chips kaufte Rico gleich da, wo er auch eine Pritsche auslieh, zusammen mit einer Büchse Cola. Damit zog er in Richtung Wasser, und er ließ sich an einem Platz nieder, der etwas Spielraum rundherum hatte. Allzu engen Kontakt mit seinen Mitmenschen liebte Rico wohl nicht. Es war zu merken, daß er die Tüte Chips sozusagen als Mittagessen betrachtete, denn nachdem er den Inhalt aufgegessen hatte, rückte er seine Sonnenbrille über der Nase zurecht, verschränkte die Hände unter dem Kopf und hielt eine Schlafpause, Hemd und Hose hatte er ausgezogen und ordentlich zusammengelegt unter der Pritsche.

Ich fand, es sei an der Zeit, seinem Jeep einen Besuch abzustatten. Dagegen konnte niemand etwas haben, zumal der riesige Parkplatz von Deep Water Bay nicht bewacht war. Eigenartigerweise ist Autodiebstahl in Hongkong keine sehr häufige Erscheinung, so daß die Leute kaum besonderen Wert auf bezahlte Wächter legen.

Der Wrangler hatte auf dem Tacho zwanzigtausend Kilometer stehen. So sah er auch aus. Diese Kästen nutzen sich nicht so leicht ab, selbst die Lederbezüge der Sitze weisen oft noch den Erstglanz auf, wenn das Fahrzeug schon unter die Presse rollt. Ich hopste hinein und wühlte das Handschuhfach durch, fand aber nicht einmal eine vergessene Patrone. Auf dem Ablagebrett türmte sich der übliche Zivilisationsmüll, vom Zellstofftaschentuch über die verbrauchte Taschenlampenbatterie bis zu Wischlappen und einem Schraubenzieher. Nichts von Belang. Nach einer Weile kletterte ich wieder heraus, und dann öffnete ich die Motorhaube. Vorsichtig entfernte ich eines der Zündkabel aus der Kerzenhalterung, und zwar dort, wo der Blick nicht sogleich hinfiel. Außerdem machte ich es so, daß man es nicht für eine gezielte Beschädigung halten würde, sondern für einen normalen Defekt, der bei den besten Automarken auftreten konnte und nicht tragisch war.

Danach spurtete ich noch einmal zurück zum Strand, bis ich den ruhenden Rico sah, von dem ich annahm, daß er im Laufe des Nachmittags sicherlich noch baden würde. So schnell ich konnte, eilte ich zu meinem Toyota und peitschte ihn den Weg zurück in Richtung Macdonnel Street.

Diese großen Apartmenthäuser haben ihre Vorteile. Man kennt einander kaum. Der Besorger im Foyer kümmert sich zwar um Rowdies, die gelegentlich versuchen einzudringen, aber um anderes kaum. Und außerdem kann man, wenn man in die Tiefgarage einfährt, was ich jetzt tat, von dort aus in jedes beliebige Stockwerk gelangen.

Ich drückte auf den Knopf mit der Sieben. Während der Lift anruckte, holte ich aus einer kleinen Tasche in meiner Hose ein nützliches Werkzeug, das ich stets mitführte. Es sah aus wie ein speziell für den Playboy-Leser entworfener Pfeifenreiniger. Diesem lustigen kleinen Ding, an dem stilecht auch noch das berühmte Häschen baumelte, hatte bislang noch kein Türschloß in Hongkong widerstehen können. Spuren pflegte es nicht zu hinterlassen.

Auch die Tür des Appartements 732 ging nach ein paar Sekunden auf. Zuvor hatte ich der Ordnung halber den Glockenknopf gedrückt, aber nachdem *Westminster Cathedral* verklungen war und niemand sich zeigte, war ich sicher, daß Rico tatsächlich allein wohnte. Ich zog trotzdem den Revolver aus dem Hosenbund, und dann kontrollierte ich zunächst die drei Räume, bevor ich die Tür wieder schloß und von innen verriegelte. Das war mir zur Gewohnheit geworden, seitdem ich einmal, als ich es noch nicht zu tun pflegte, plötzlich dem Bewohner, der leise eingetreten war, gegenübergestanden hatte.

Hier gab es niemanden. Ich nahm mir vor, in einer Stunde wieder draußen zu sein. Die Wohnung bestand aus einem kombinierten Wohn- und Schlafraum, mäßig modern möbliert und vermutlich einmal die Woche von Frauenhand gereinigt, anders als meine Dschunke, dann war da noch eine winzige Tee- und Mikrowellenküche und ein leidlich einladendes Bad. Das durchforschte ich zuerst. Dabei erfuhr ich nicht viel mehr, als daß Rico früh zu baden pflegte – die Handtücher waren feucht – und daß er außer einem thailändischen Billighaarwasser nur amerikanische Produkte benutzte, von der Seife über das Rasierzeug bis zur Zahncreme.

In der Küche fanden sich Tee und Kaffee, der Kühlschrank war mit Mikrowellenmahlzeiten und Bierbüchsen gut gefüllt. Das Geschirr war zum Wegwerfen schön, so etwas pflegt Wing On bei Billigaktionen an minderbemittelte chinesische Flüchtlinge zu verkaufen. Im geruchsversiegelten Abfallbehälter nichts als leere Plastpackungen, Bierbüchsen und der Inhalt mehrerer Dutzend Aschenbecher. Rico schien ein leidlich ordnungsliebender Mann zu sein.

Die weißlackierte Schrankwand im Wohnraum enthielt einen bescheidenen Vorrat an Wäsche, zwei leichte Anzüge, Regenschirm, Socken, Handtücher – genau die Ausstattung, die meine liebe Mutter auch auf meiner Dschunke vermutete. Zu Unrecht. Mir wurde klar, daß Rico im Gegensatz zu mir als gutsituierter Mann gelten konnte, zumindest hatte er wohl keine finanziellen Sorgen; allerdings schien er nicht so viel zu verdienen, daß er damit protzen konnte, wenn man einmal von dem Wrangler absah.

Die Hausbar, ein Wägelchen, das zwischen Sesselgarnitur, Schlafcouch und Fernseher stand, enthielt nur zwei Flaschen Whisky, der Rest waren ein paar Knabberstangen und gesalzene Mandeln. Und dann war da eine Art Schreibsekretär, den nahm ich mir zuletzt vor. Es fand sich eine Kassette, der ich ansah, daß man sie nicht ohne Gewalt würde öffnen können. Neben dem Telefon lag ein kleines Adreßbuch, in Plast gebunden, dem beschloß ich ein bißchen mehr Zeit zu widmen. Es enthielt etwa zehn Nummern, vor denen jeweils ein weiblicher Vorname stand. Außerdem waren drei Anschlüsse verzeichnet, vor denen gar nichts stand. Die notierte ich mir. Als ich das Büchlein zuklappte, fühlte ich in einem Einschub einen harten Gegenstand. Ich förderte einen flachen Sicherheitsschlüssel zutage, der mir zunächst Rätsel aufgab. Ins Schloß der Kassette paßte er nicht. Aber mir fiel ein, daß es in verschiedenen großen Kaufhäusern Mietsafes gab, die mit solchen Flachschlüsseln zu öffnen waren. Wenn Rico etwas zu verbergen hatte, war anzunehmen, daß er es in solch einem Safe deponierte. Eine Schußwaffe? Gut möglich. Die Polizisten hatten in Kong Weis Laden keine ausgeworfene Patronenhülse gefunden, und ich war sicher, daß der Mörder einen Revolver benutzt hatte, bei dem die leere Hülse nach dem Schuß in der Trommel blieb. Bewahrte Rico ihn vielleicht vorsichtshalber in einem Mietsafe auf?

Ich notierte mir das Fabrikat des Flachschlüssels und die Seriennummer. Und dann überzeugte ich mich davon, daß in der Wohnung nichts darauf hinwies, daß sie von mir durchsucht worden war. Zeit zu gehen.

Ich entriegelte die Tür. Der lange Korridor war leer. Schnell führte ich mein Playboy-Instrument von außen in das Schlüsselloch und verschloß die Tür wieder. Nicht einmal ein Fachmann würde mit Sicherheit sagen können, daß jemand das Schloß unbefugt geöffnet hatte; selbst wenn er es völlig zerlegte, würde er keinen Kratzer finden.

Der Lift brachte mich in die Tiefgarage, und Minuten später befand ich mich auf dem Weg nach Aberdeen. Ich hatte mich entschlossen, nicht noch einmal in Deep Water Bay nach Rico zu sehen. Mochte er seine Zündanlage im Jeep reparieren, die ich, um Zeit herauszuholen, vorsichtshalber mit einem Defekt versehen hatte. Es war alles schneller gegangen, als ich dachte.

Unweit der Fischküche, an der ich gewohnheitsmäßig meinen Toyota parkte, gab es eine Telefonzelle, die ich oft benutzte. Ich rief Bobby Hsiang an, in Kowloon, hatte auch das Glück, ihn anzutreffen. Nein, es gab keine neuen Erkenntnisse über die Sache mit Kong Wei. Das Geschoß, das ihn getötet hatte, sei als Kaliber .38 identifiziert worden, verschossen mit hoher Wahrscheinlichkeit aus einem Smith & Wesson-Revolver des Typs *Bodyguard.* Neun Millimeter, Kupfermantel. Ich kannte die Waffe. Ein kleines, bösartig aussehendes Ding mit extrem kurzem Lauf. Man mußte geübt sein, um damit einen sicheren Treffer anzubringen, aber das war der Mörder von Kong Wei offenbar gewesen. Und – gerade der *Bodyguard* wurde von Leuten bevorzugt, die ihr Handwerk verstehen und eine leicht zu versteckende Waffe brauchen.

Ob ich Erkenntnisse hätte, fragte Bobby Hsiang. Ich vertröstete ihn, ich arbeite zwar an verschiedenen losen Enden, aber noch gäbe es keinen Anhaltspunkt. Ob er es mir glaubte, weiß ich nicht, aber ich versprach ihm, mich sofort zu melden, wenn es Neues gäbe.

Ein *Bodyguard,* der vielleicht im Mietsafe eines Kaufhauses lag. Unfair von mir, Bobby Hsiang nicht zu erzählen, was ich wußte und was ich ahnte, aber ich war entschlossen, allein weiterzumachen. Wenn die Polizei sich einmischte, zertrampelte sie erfahrungsgemäß mehr Spuren, als sie entdeckte. Gedankenvoll verließ ich den Schwitzkasten von Telefonzelle und wunderte mich, daß noch kein gnädiger Halunke wenigstens ein paar Scheiben eingeschlagen hatte, um das Ding einmal zu lüften.

Draußen zog mir der unwiderstehliche Duft von gebratenem Fisch in die Nase. Ich bin nicht gerade ein Fan von Fischmahlzeiten, aber jetzt roch ich süßsauer gebratenen Thun, und für den hätte ich schon meine Unschuld gegeben, als ich sie noch besaß. Also kaufte ich dem grinsenden Fischkoch eine Portion ab, dazu eine Tüte Fritten, und als ich das hinter mir hatte, fühlte ich mich für neue Unternehmungen hinreichend gestärkt.

Wanchai am Abend. Ich parkte mein Auto irgendwo am Rande eines Kneipenstreifens, und dann schlenderte ich zwischen neugierigen Amerikanern, angetrunkenen Matrosen, angetörnten Haschtypen, langbeinigen Huren und vor sich hin brabbelnden Bettlern bis zu Ky's Stehbierhalle. Dort zweigte die Gasse ab, in der ich mein nächstes Ziel wußte. Es schienen alle Sprachen dieser Welt zu sein, die hier durcheinanderschwirrten, alle Laster, aber auch alle Freuden eines leidlich kühlen Abends schienen sich hier versammelt zu haben.

Lam, der Mann, den ich suchte, besaß hier Werkstatt und Wohnung. Ein kleiner Ganove, der sich Mühe gab, nicht zum dritten Mal aufzulaufen. Zweimal hatten sie ihn bei Einbrüchen erwischt. Ich kannte ihn aus meiner Polizistenzeit. Wenn man bei einem Einbruch einen perfekt angefertigten Nachschlüssel vermutete, gab es drei Adressen in Hongkong, die man anlaufen konnte, um den Handwerker zu finden und über ihn vielleicht den Kunden. Eine davon war Lam.

Er hatte eine Werkstatt, in der er Metallgegenstände reparierte, vom Türschloß bis zum Hackmesser, das aus dem Heft fiel. Ob er noch immer Nachschlüssel herstellte, wußte ich nicht. Es würde sich zeigen. Ich hatte ein gutes Verhältnis zu Lam. Solchen kleinen Ganoven, die eigentlich weiter nichts machen, als auf ungewöhnliche Weise ihre klägliche Existenz zu verteidigen, muß man das Gefühl vermitteln, als vollwertiger Mensch behandelt zu werden. Das vergessen sie einem nie. Und sie sind überraschend hilfsbereit.

Er schob mir sofort einen Hocker hin, als ich das düstere, von zwei matten Glühlampen in Dämmerlicht getauchte Kabuff betrat, in dem er wohnte und schlief. Auf seinem Arbeitstisch lagen die Einzelteile der Aufrollvorrichtung für einen Autogurt.

»Wie du siehst, ein Idiot!« Er lachte in sich hinein. Ein dürrer, nicht mehr junger Mann, der nur Unterhose und Hemd trug, beides tiefgrau, und auf dessen ebenfalls leicht grauer Haut Schweiß perlte. Das konnte von dem heißen Wasser kommen, das er während der Arbeit ununterbrochen aus einer riesigen Thermosflasche auf alte Teeblätter in seinem Henkeltopf goß und dann zu trinken pflegte. Zur Durchspülung seiner angegriffenen Nieren, wie er sagte. Als er mir davon anbot, lehnte ich dankend ab.

»Schraubt dieser Sohn einer Maus den Federkasten der Rolle auf, und sie springt ihm ins Gesicht, so daß er tagelang mit Heftpflaster herumlaufen muß. Wenn einer was nicht versteht, sollte er die Finger davon lassen. Hast du Sorgen?«

Ich klärte ihn auf, es seien zwar Sorgen, aber eben berufliche, und daher normale. Dazu grunzte er und nahm einen Schluck. Ich zeigte ihm den Zettel mit der Seriennummer und dem Fabrikat. Er warf nur einen kurzen Blick darauf, dann sagte er sachkundig:

»Wellington. Safe. Wenn mich nicht alles täuscht, haben sie im Star House die achtstelligen Nummern, drüben in Kowloon, gegenüber dem Flughafen. Hast du den Beruf gewechselt? Gehst du jetzt auf Kaufhausfächer?« Er grinste. Werkelte weiter an seinem Rollgurtmechanismus herum.

Im Star House gab es ganze Etagen, vollgestopft mit etwas feineren chinesischen Souvenirs. Elfenbein, Porzellane, Jade. Und jede Art von Gebrauchsgegenständen, vom vergoldeten Pfeifenkopf bis zur japanischen Rechenmaschine mit Lautsprecher. Ich erkundigte mich, wo die Safes lagen. Er sagte mir, sie seien im Erdgeschoß, ganz unten. Als ich ihn um ein Exemplar des Schlüssels bat, wackelte er mit dem Kopf. Grinste wieder.

»Das ist Kinderkram. Diese Wellington-Schlösser gehen auf, wenn du in der Nähe nur mal niest. Die Engländer haben sie vermutlich für einen zurückgebliebenen Negerstamm in Afrika produziert. Was willst du dort holen? Deponierte Einkäufe? Bist du so weit runter?«

Ich sagte ihm, es gehe um einen guten Freund, dem ich einen Dienst erweisen müsse. Und er erkundigte sich zurückhaltend, was mir denn der Dienst wert sei. Ich mußte ihm ein paar Dollarnoten zeigen, bis er sich schließlich erhob, die Hände an einem schmutzigen Handtuch abwischte und in einigen Kisten mit Kleineisenteilen zu wühlen begann. Nach einem weiteren Schluck aus der Henkeltasse hielt er mir ein Instrument hin, das entfernt einem Schlüssel ähnelte, dessen Bart aber eigenartig glatt war. Keine Zacken.

Er sah meinen zweifelnden Blick und ermunterte mich: »Nimm schon. Das paßt in alle zweihundert Fächer dort. Die haben dreistellige Zahlen an der Stirnseite. Die letzten drei auf deinem Zettel sind die Nummer des Fachs.«

»Ich bringe ihn dir zurück«, versprach ich.

Er wehrte erschrocken ab: »Was denkst du von mir? Er ist bezahlt!«

Der Schlüssel paßte tatsächlich, als ich ihn am anderen Morgen ausprobierte. Es war gar nicht kompliziert: man ging im Erdgeschoß bis in den Tresorraum, und da waren sie, die Fächer, eins neben dem anderen. Sie erinnerten an Boxen, in denen man auf Flugplätzen oder Bahnhöfen sein Gepäck einschließen konnte. Ein paar Leute waren da, aber keiner achtete auf den anderen. Die Klappe sprang auf, und da war zweierlei: die in ein Tuch gewikkelte *Bodyguard,* brüniert, gefährlich aussehend mit ihrem bulligen Lauf, und eine große Schachtel Patronen, aus der einige entnommen worden waren. Sie paßten zu der *Bodyguard.* Kupfermantel.

Das Bild begann sich zu klären. Ein Blick in die Runde sagte mir, daß mich niemand beobachtete. Es waren nur wenige Leute nach mir gekommen, und die hatten sichtlich mit dem Inhalt ihrer eigenen Fächer zu tun. Von Rico keine Spur. Ich wickelte die *Bodyguard* wieder ein und drückte die Klappe zu.

Am Ausgang hockte ein beinloser Bettler, der mir den Segen aller Götter versprach, als ich eine Münze in seinen Emailletopf fallen ließ. Es war eines jener Gefäße, die Chinas Kommunisten während ihrer Kulturrevolte massenhaft in Hongkong verteilt hatten, es trug die flammende Aufschrift *Lang lebe unsere rote Sonne Mao Tse-*

tung! Mir war es ziemlich egal, wie lange die rote Sonne leben sollte, sie war ohnehin schon gestorben, aber den Segen der Götter würde ich wohl brauchen können bei dem, was ich jetzt tun mußte. Eigentlich, so überlegte ich, wäre es an der Zeit, Bobby Hsiang hineinzuziehen. Nicht nur, weil ich mich wegen Zurückhaltung von Informationen in einem Mordfall strafbar machte, sondern auch im Interesse der eigenen Haut. Denn nun, so rechnete ich mir aus, würde ich Rico provozieren, ihn aus der Reserve locken müssen, damit er die entscheidende Dummheit beging. Sehr gut möglich, daß er dabei eine weitere Kugel aus seinem *Bodyguard* verwendete und ich auf der Strecke blieb!

Als ich wieder in meinem Toyota saß und sicher war, daß mir niemand gefolgt war, überlegte ich in Ruhe. Es kam darauf an, eine Falle für Rico zu bauen. Man mußte ihn so verunsichern, daß er bei seinem Auftraggeber Rat suchte, denn er selbst war wohl bloß Ausführender gewesen. Natürlich der Schütze, aber – wer agierte im Hintergrund? Was hatte es mit diesem eigenartigen Buddha auf sich?

Ich konnte Rico anrufen und ihm sagen, daß er gesehen worden sei. Konnte mich mit ihm treffen, um ihm den Eindruck zu vermitteln, ich wollte ihn erpressen. Das würde ich vermutlich glaubhaft vorführen können. Aber das alles würde ihn mir möglicherweise allein auf den Hals hetzen, mit der *Bodyguard.* Und sein Auftraggeber würde im Dunkel bleiben. Wenn ich tatsächlich Erfolg haben und nicht nur mich selbst gefährden wollte, mußte alles gut eingefädelt sein.

Als ich mittags im Zentrum eine Schale Nudeln an einer Straßenküche aß, fiel mir ein Mann auf, der eine gewisse

Ähnlichkeit mit dem Hobo hatte. Er aß ebenfalls gemächlich seine Nudeln und schmatzte dabei. Offenbar ein kleiner Angestellter aus irgendeinem Büro in der Gegend, denn er war einigermaßen anständig angezogen. Ganz anders als der Hobo, den man – wenn überhaupt – in der Latzhose eines Monteurs zu sehen gewohnt war.

Nun wissen Sie nicht, wer der Hobo ist! Also: als ich noch bei der Polizei diente, fiel er das erste Mal bei mir an. Hatte einen Telefonautomaten ausgeräumt. Eine Streife brachte ihn zu mir. Routinesache. Ohne Quittung. Eigentlich hätte ich ihn vorführen müssen, aber irgend etwas an dem kleinen, intelligent aussehenden Chinesen, der Flüchtling war, nahm mich für ihn ein, wahrscheinlich die Überlegung, daß man den armen Kerl abschieben und er in Rotchina eine saftige Strafe fürs Abhauen bekommen würde. Ich unterhielt mich eine Weile mit ihm. Er war daheim Mechaniker und dann Fernmeldetechniker gewesen. Warum er gegangen war? Politisch, sagte er, mehr nicht. So etwas oder ähnliches sagten sie alle. Und hier bei uns hatte er keinen Boden unter die Füße bekommen. Wie so viele von den Leuten aus dem großen Land. So war er von Gelegenheitsjob zu Gelegenheitsjob gedriftet, bis er schließlich als Stadtstreicher endete. Hobo – so bezeichnete er sich selbst, er hatte das Wort aus dem Amerikanischen in einem der öffentlichen Nachtquartiere aufgelesen, von einem, der Englisch sprach. Es gab eine Menge Gebildeter unter den Stadtstreichern. Auch Amerikaner.

Warum eigentlich nicht Hobo? Ich hatte ihn damals gefragt, ob er nicht lieber in seinem Beruf arbeiten würde, statt Telefonboxen auszuräumen. Aber ja, hatte er geantwortet, aber wo? Und weil ich ein bißchen Mitleid mit ihm hatte, war ich Pipi angegangen, ob sie in ihrem Hotel nicht einen Mann mit seinen Fähigkeiten brauchen könnten. Sie konnten. Stellten ihn zwar nicht an, weil er noch Flüchtlingsstatus hatte, bezahlten ihm aber ein anständiges Geld dafür, daß er die gesamte Anlage des *Excelsior* in Ordnung hielt: Telefone, Telegrafen, alles, was es da an Leitungen und Schaltschränken gab. Ich hatte ihn lange nicht gesehen. Auch nicht mehr an ihn gedacht. Bis mir jetzt plötzlich einer gegenübersaß, der mich an ihn erinnerte.

Ich goß schnell noch ein Glas Limonade hinter den Nudeln her, dann machte ich mich auf in Richtung Causeway Bay zum *Excelsior.* Der Zerberus am Eingang musterte mich etwas mißtrauisch, denn ich war ziemlich salopp gekleidet und hatte kein Gepäck dabei. Aber mit solchen Leuten hatte ich meine Erfahrung. Ich sagte etwas herablassend zu ihm:

»Mein Wagen steht im Parkverbot. Da drüben, der große Pontiac. Sollte sich jemand an ihm zu schaffen machen, rufen Sie bitte Miß Li an der Rezeption an, ich habe bei ihr zu tun ...«

Für zwei Dollar, die ich diesem Auftrag folgen ließ, legte er sogar die Hand an seinen lächerlichen Mützenschirm. Schließlich glaubte er, der riesige Pontiac gehöre mir. Ich hoffte nur, der richtige Besitzer stieg nicht inzwischen ein, dann würde der Zerberus wohl einen Skandal verursachen.

Pipi machte große Augen, als sie mich sah. Es war nicht viel los um diese Zeit, und wir konnten ein paar Worte reden. Der Hobo? Ich müsse wohl Wan Li-tse meinen, wenn es sich um den Telefonmonteur handelt. Ja, genau den, der Name war wieder da und ebenso schnell wieder weg. Ob sie am Abend auf die Dschunke kommen könnte? Ich gab ihr feierlich die Erlaubnis. Warum soll man Pipi einen Besuch abschlagen?

»Falls ich noch nicht da bin, klettere hinauf und laß dich nieder, du weißt ja, wie man das mit der Strickleiter macht!«

Sie war beglückt. Natürlich kannte sie als eine der wenigen Personen den Trick, wie man meine Strickleiter vom Wasser aus herunterziehen konnte. Ein Page, der ebenso schmuckvoll gekleidet war wie der Zerberus am Eingang, brachte mich eine Etage tiefer, in das Innere des Hotelbauches, wo es neben der Wäscherei, der Plätterei, den Geschirrkammern und den unzähligen anderen technischen Einrichtungen des riesigen Wohnkastens auch den Raum mit den Schaltanlagen für die Telefone und Fernschreiber gab.

Der Hobo sprang sofort auf und kam mir bis an die Tür entgegen. Er war gewaschen, ordentlich gekleidet und sah gut genährt aus. Wie es schien, hatte die Arbeit einen respektablen Bürger aus ihm gemacht. Sogar Papiere hatte er endlich bekommen, wie er mir freudig mitteilte.

Er ahnte natürlich, daß dies kein purer Höflichkeitsbesuch war. Und er hörte sich mein Anliegen erst einmal mit gerunzelter Stirn an, bevor er sich äußerte. Dazu setzte er eine Drahtgestellbrille auf, als könne er mich damit besser sehen. Offenbar hatte er die Augen bei seiner Arbeit ein wenig überanstrengt. Als er mich so durch die etwas trüben Gläser anblickte, merkte ich, daß er meine Bitte zumindest skeptisch aufnahm.

»Sie meinen allen Ernstes, ich soll mit Ihnen in ein Haus gehen und das Telefon anzapfen, Mister Lim Tok?«

»Das genau meine ich, Hobo.«

»Und Sie sind sich darüber klar, daß das verboten ist?«

»Völlig.« Dann erklärte ich ihm nach und nach, was es mit meinem Anliegen auf sich hatte. Daß es um einen Freund ging, der ermordet worden war. Und vor allem, daß für ihn, den Hobo, keine Gefahr bestünde, ich würde dafür bürgen.

»Aber... wenn es schiefgeht?« Er war nicht grundsätzlich abgeneigt, mir zu helfen, er fühlte sich mir verpflichtet. Doch er hatte Angst. »Sie weisen mich sofort aus, Mister Lim Tok, wenn sie mich bei so was erwischen. Und drüben im großen Land, da bin ich dann lebenslang geliefert, als Geflüchteter. Was meinen Sie, was die mit mir machen!«

»Gar nichts«, beruhigte ich ihn. »Die werden dich überhaupt nicht kriegen.« Ich ließ mich auf der Kante seines Arbeitstisches nieder, auf dem nur ein auseinandergenommenes Relais lag, und steckte mir eine Zigarette an. Als ich ihm die Packung hinhielt, lehnte er höflich ab. Ich erinnerte mich unwillkürlich, daß er schon damals, als ich ihn vernahm, nicht rauchen wollte.

»Du bist bei der Sache absolut sicher. Es ist ein Appartementhaus. Wir kommen vermutlich aus der Tiefgarage an den Raum mit den Schaltanlagen heran. Was da folgt, dauert höchstens eine halbe Stunde. Dann sind wir wieder weg. Das Haus ist modern und hat sicherlich automatische Anlagen. Es gibt nur einen Beschließer, aber der sitzt am Eingang. Sieht uns überhaupt nicht. Und wenn wirklich irgendein Affe aus Versehen da hineinkommt, werde ich das schon regeln. Bitte, Hobo, hab keine Angst, ich sorge für Sicherheit!«

»Mit der Pistole?« Er war immer noch skeptisch.

Nun hätte ich ihn aufklären können, daß ich keine Pistole trug, sondern einen Revolver. Aus gutem Grund, denn Pistolen haben im Durchschnitt mehr Versager als Revolver, und außerdem kann man nach dem Schuß bei einer Pistole jederzeit die Hülse aufklauben und identifizieren. Das alles aber war für den Hobo uninteressant. Er verstand nichts von Waffen, seine Spezialstrecke waren Telefone. Also kitzelte ich ein bißchen seinen Ehrgeiz: er sei der einzige weit und breit, der so etwas könne, und ohne ihn wäre ich am Ende meines Lateins, da würde der Mord an meinem Freund ungesühnt bleiben. Schließlich hatte ich ihn so weit, daß er sich erkundigte, wo das Appartementhaus stand.

»Macdonnel Street«, überlegte er, nachdem ich ihm die Adresse genannt hatte, »das ist im südlichen Zentraldistrikt. Ich kenne die Häuser dort vom Sehen. Die haben Rotax-Relaisschränke. Billigware. Ich glaube, sie sind erst ein Jahr alt.«

»Hat das was zu bedeuten?«

Er bewegte die mageren Schultern. »Die älteren Rotax waren für die Teilnehmer schlechter, anzapfen ließen sie sich besser.«

»Aber es ist mit den neuen auch möglich, oder?«

»Möglich ist alles, Mister Lim Tok«, sagte er. Das klang, als erwarte er ein Angebot. Ich hätte es beinahe vergessen. Schnell hielt ich ihm einen Schein hin und versprach ihm für das Gelingen der Aktion noch einen. Er nahm den Schein. Wie es aussah, würde ich von dem Honorar, das mir die Beobachtung der Textilkaufmannsgattin gebracht hatte, kaum etwas zum Versteuern übrigbehalten.

»Können wir mit Sicherheit herausfinden, wohin der betreffende Mann telefoniert?«

»Die Nummer. Den Inhaber müssen Sie selbst ermitteln. Das ist nicht mehr meine Sache.«

»Und den Mann selbst aus der Relaisbude anrufen, das geht auch?«

»Ich denke, das ist der Grund, weshalb wir hingehen?«

Da merkte ich, daß er bereit war. Hobo, der wie kaum ein anderer die Technik der Telefone und Telegrafen beherrschte. Er hatte mir damals, als ich ihn vernahm, erzählt, daß er eigentlich Schlosser im Traktorenpark einer chinesischen Kommune gewesen war, auch Mechaniker für delikatere Sachen. Die Kommune war dann aufgelöst worden. Aus purer Langeweile hatte er sich mit Schwachstromtechnik befaßt, hatte gebastelt, mit den dürftigen Materialien, die ihm zur Verfügung standen. Zuerst primitive Telefone, durch die man sich von der Verwaltung aus mit einzelnen Arbeitsteams verständigen konnte, dann welche, die in den nächsten Ort führten, in die Stadt. Schließlich hatte er es mit drahtlosem Sprechfunk versucht. Da waren Uniformierte gekommen, um ihn zu fragen, wer ihn für die Spionagetätigkeit ausgebildet hatte. Der Hobo nutzte den Mittagsschlaf seiner Wächter, um sich zu empfehlen. Hier, in Hongkong, hatte er sich schnell mit der international üblichen Technik vertraut gemacht, so leicht kapitulierte er nicht vor irgendeiner hartnäckigen Störung, die sich einschlich.

»O. K.«, sagte ich, »dann hole ich dich heute abend ab.«

»Ist mir recht, da habe ich frei.«

»Es kann aber sein, daß der Mann, den ich meine, heute abend ausgeht, und dann müssen wir warten. Oder die Sache wiederholen...«

Er zuckte die Schultern. Dann erkundigte er sich höflich: »Mister Lim Tok, darf ich einen Wunsch aussprechen?«

Ich dachte, er werde sagen, ich soll mich nach der Sache möglichst zum Teufel scheren, aber er trug mir stattdessen auf: »Tun Sie mir den Gefallen und ziehen Sie sich etwas in Blau an. Daran erkennt jeder den Mann vom Fach. Wir wollen doch wenigstens oberflächlich wie bestellte Monteure aussehen, oder?«

An der Rezeption wurde ich noch einmal aufgehalten: Pipi eröffnete mir, sie könne die ganze Nacht auf der Dschunke bleiben. Wie das mein Herz wärmte! Der Gedanke daran, daß ich mit dem Hobo die heiße Phase der Mordaufklärung einfädelte und unmittelbar danach, ob es gelang oder nicht, zu Pipi auf die Matratze hüpfen würde, machte mir einen seltsamen Spaß.

Blaue Kombi. Ich hatte eine an Bord. Zog sie manchmal an, wenn ich Rost von den Eisenteilen schrubbte und neuen Lack auftrug. Als es auf den Abend zuging, rollte ich das nicht mehr neue und darum vermutlich einigermaßen überzeugend wirkende Kleidungsstück zusammen, dann kletterte ich, ausgerüstet mit meinem Revolver, in das Plastboot und ruderte an Land. Bis zum *Excelsior* brauchte ich ziemlich lange, so daß es bereits dunkel war, als ich da parkte. Ich kroch in die Kombi und war gerade mit dem Reißverschluß klargekommen, als der Hobo erschien, in seiner Latzhose, die abgewetzte Arbeitstasche am Riemen über der Schulter. Er musterte mich, schüttelte den Kopf und bemerkte mißbilligend:

»Wer Sie für einen Mechaniker hält, kann wahrscheinlich seinen eigenen Arsch nicht vom Ellbogen unterscheiden!«

Ich widersprach ihm nicht. Solange er nur seinen Job

tat, würde ich keinen Streit mit ihm anfangen, er war ein Genie, und Genies hatten das Recht, manches zu tun oder zu sagen, was man anderen nie verzieh.

Als wir die Macdonnel Street erreichten, war es hier schon dunkel. Nur einige wenige Straßenlampen spicgelten sich in dem vom letzten Regen noch nassen Asphalt. Das Appartementhaus war, wie die anderen auch, teilweise beleuchtet; so schien beispielsweise über der Garageneinfahrt eine Lampe, worüber sich der Hobo gar nicht freute. Ich selbst hütete mich, ihm meine größte Befürchtung zu offenbaren, weil ich damit rechnen mußte, daß er dann ausstieg: Ich hatte beobachtet, wie das Tor am frühen Morgen geöffnet wurde. Also war es nachts vermutlich aus Sicherheitsgründen geschlossen. Wer ließ uns nach der Aktion hinaus, falls mein Playboy-Pfeifenreiniger versagte, zum ersten Mal? Möglich war alles, denn diese Garagenschlösser konnten eine Neukonstruktion sein, wie der ganze Bau. Auch mit dem Flachschlüssel von Lam, den ich noch bei mir trug, würde sich so etwas wohl nicht öffnen lassen. Lieber nicht daran denken. Schließlich gab es immer noch die Möglichkeit, daß jemand sehr spät heimkam. Sonst würde der Hobo eben mit mir zusammen im Toyota bis zum Morgen warten müssen...

In der Garage begegneten wir niemandem. Der Hobo besah sich ein paar Kabel, dann ging er zielstrebig aus der Tiefgarage in einen schmalen Gang, an dessen Ende eine Eisentür war. Erst jetzt bemerkte ich, daß ich den Hobo trotz allen Respektes vor seinen Fähigkeiten doch unterschätzt hatte. Er klinkte. Nichts. Dann warf er mir einen nicht sehr freundlichen Blick zu, der nur eines bedeuten konnte: das wenigstens hättest du voraussehen können! Aber er griff, noch bevor ich an mein eigenes Werkstück herankam, in seine Umhängetasche, holte ein Instrument heraus, und Sekunden später standen wir in der Relaiszentrale des Appartementhauses.

Der Hobo schaltete das Neonlicht ein, obwohl ich ihm davon abriet. Er meinte, Telefonentstörer, die wir seien, pflegten nicht bei Dunkelheit zu arbeiten; wenn wider Erwarten doch jemand hereinplatzen sollte, hätte ich den Besucher sofort aufmerksam zu machen, daß der Eintritt in die Telefonvermittlung streng untersagt sei, was auch auf der Tür zu lesen stand.

Damit ließ er sich seelenruhig vor dem zentralen Relaisschrank nieder, öffnete die Blechtüren und erkundigte sich beiläufig: »Wie war die Nummer?«

Ich las sie von dem Zettel ab, auf den ich sie geschrieben hatte, während ich Ricos Zimmer durchsuchte. Der Hobo fummelte zwischen einem guten Hundert Anschlußstellen herum, probierte hier einmal, dann wieder dort, und schließlich zog er aus seiner Arbeitstasche dieses nützliche Instrument, das Telefonmonteure meist dabei haben: einen Hörer mit aufgesetzter Wählscheibe. Das Kabel endete in zwei Krokodilklemmen, die der Hobo jetzt sachkundig mit den Kontakten von Ricos Anschluß verband. Er fragte: »Jetzt?«

Als ich gottergeben nickte, drehte er die Wählscheibe, und dann drückte er mir den Hörer in die Hand.

Wir hatten Glück. Rico war zu Hause. Nach dem dritten Signal knurrte er etwas in seinen Hörer, das wie »Hallo« klang.

»Mister Aranquez?«

»Hm...«

»Also, Mister Aranquez«, legte ich los, mit der schneidendsten Stimme, die ich zuwege brachte, »ich habe Sie vor einigen Tagen beobachtet, als Sie in den Laden des Antiquitätenhändlers Kong Wei eindrangen, in Kowloon drüben, erinnern Sie sich?«

Kein Wort kam zurück. Ich hatte wohl den Nerv getroffen.

»Nun, Mister Aranquez, ich war am Abend bei Kong Wei gewesen, da lebte er noch. Als ich Sie dann weggehen sah, habe ich die Wohnung betreten. Sie hatten sie freundlicherweise nicht verschlossen. Sagte ich, daß ich während Ihres Aufenthaltes dort drinnen ein Geräusch hörte, das einem Schuß verdammt ähnelte? Und als ich später eintrat, war Mister Kong Wei tot. Haben Sie mich gut verstanden?«

Eine Weile war es still. Dann, endlich, kam es zurück: »Wer sind Sie?«

Ich merkte, er hatte mit Festigkeit sprechen wollen, aber es war ihm nicht ganz gelungen. Natürlich tat ich ihm nicht den Gefallen, mich vorzustellen, vielmehr fuhr ich gelassen fort:

»Mister Aranquez, ich weiß viel. Aber ich will Sie nicht unbedingt vernichten. Nur wenn Sie uneinsichtig sind, würde ich das veranlassen, über die Polizei. Sind Sie einsichtig, können wir uns einigen.«

»Was wollen Sie, zum Teufel?« Die Unsicherheit in seiner Stimme war noch spürbarer geworden.

Ich ließ ihn ein paar Sekunden zappeln, dann sagte ich: »Geld.«

»Sie sind verrückt!«

»Fünfzigtausend.«

Er lachte etwas gequält. »Und dann jeden Monat weitere fünfzigtausend, wie?«

Er hatte seinen entscheidenden Fehler gemacht. Nun

bestand kein Zweifel mehr, daß er der richtige Mann war. Ich sagte: »Wir werden uns treffen. Wenn wir uns getroffen haben, werden Sie sicher sein, daß ich Sie nicht weiter behellige.«

»Wer sind Sie?« fragte er nochmals drängend.

Ich ließ mich auf nichts mehr ein. Mein Vorschlag kam schnell und präzise: »In Wanchai gibt es die Lee Garden Road. An den Grünanlagen das Restaurant *Bistro*. Seien Sie morgen um zwanzig Uhr dort. Ich werde mich zu Ihnen setzen und Sie mit Ihrem Namen ansprechen. Bringen Sie das Geld mit.«

Und dann gab ich Hobo ein Zeichen, die Verbindung zu unterbrechen. Er tat es.

»Schnell!« feuerte ich ihn an. »Entscheidend ist, wen er jetzt anruft!« Ich rechnete fest damit, daß Aranquez, der mit Sicherheit im Auftrag gehandelt hatte, jetzt Verbindung mit seinem Auftraggeber aufnehmen würde. Überraschungen wie diese führen in einem Geschäft, wie er steckte, so gut wie immer zu Absprachen. Das war nicht nur in Hongkong so.

Der Hobo veränderte etwas an seinem Hörer und lauschte. Er wartete darauf, daß Rico wählte. Sein Gehör war so geübt, daß er aus dem Geräusch der ablaufenden Wählscheibe die Zahlen heraushören konnte, die gewählt wurden, eine Fertigkeit, die Technik ersparte. Genies wie der Hobo besaßen diese Fertigkeit.

Er hatte inzwischen einen Stift aus der Brusttasche seiner Latzhose gezogen. Ich schob ihm ein Stück Papier hin. Plötzlich hob er die Augenbrauen. Dann malte er eine Zahl nach der anderen, im ganzen sechs. Schließlich drückte er mir den Hörer wieder wortlos in die Hand. Ricos Atem war zu hören. Er schien sich eine Zigarette angebrannt zu haben, denn es gab ein Geräusch, das gewöhnlich beim Ausstoßen von Rauch entsteht. Mehrere Male kam das Rufzeichen, dann eine männliche Stimme: »Ja!«

Die Stimme war nicht mehr jung, aber am Telefon klingt manche Stimme anders als in natura, man konnte sich da irren. Ich lauschte.

»Hier Rico«, meldete sich Aranquez, »es gibt Ärger. Mit diesem Alten. Jemand muß mich beobachtet haben. Will fünfzigtausend. Angeblich einmalig. Was soll ich machen? Zahlen? Dann müssen Sie mir die Summe geben. Er will sich mit mir treffen...«

Es blieb still. Dann sagte der Angerufene langsam, in einem Englisch, das einen deutlichen Akzent hatte:

»Nicht zahlen. Keinesfalls. Geh hin. Ich schicke zwei Mann, die bringen ein Auto mit, den Rest übernehmen sie. Wo?«

Rico nannte ihm das Bistro und die Uhrzeit. Der Angerufene legte einfach auf.

Der Hobo klemmte das Kabel ab. Packte den Hörer in seine Tasche. Fünf Minuten später waren wir draußen.

Vor uns verließ ein Sportwagen die Garage, mit einer Dame am Lenker, die einen recht annehmbaren Eindruck machte. Sonst niemand.

Im Wagen machte der Hobo mich aufmerksam: »Er hat keine Vorwahlnummer gewählt. Das heißt, es ist ein Anschluß hier im Zentraldistrikt. Den Rest müssen Sie selbst herausfinden.«

Das hatte ich auch vor. Ich gab ihm seinen zweiten Schein und setzte ihn am *Excelsior* ab. Die Direktorin ließ ihn dort im Kellergeschoß wohnen, um ihn schnell greifbar zu haben, wenn es eine Störung gab.

Der Einfachheit halber setzte ich mich in die Lobby des Hotels, bis Pipi ihre Arbeit beendet hatte, und nahm sie mit.

Sie amüsierte sich: »Du denkst, wenn ich in meinem Mini die Strickleiter hochklettere und niemand außer mir an Bord ist, würde der Walla-Walla-Mann mir hinterhersteigen, wie?«

Ich sagte ihr, daß ich den Wassertaxifahrern eine Menge Unternehmungsgeist zutraute, aber so weit würde wohl keiner gehen. Man kann zwar nicht leugnen, daß Hongkong eine besondere Art von Sündenpfuhl ist, aber das heißt nicht, daß die Walla Wallas jedem Minirock nachlaufen. Zumal es in der Kolonie weitaus mehr Miniröcke gab als Walla Wallas.

Pipi grinste nur. Wollte wissen, was ich mit dem Hobo im Sinn gehabt hätte. Ich murmelte etwas von einer Reparatur. War glücklich, die Nummer zu haben, die Rico angerufen hatte; und ein wenig besorgt, weil dieser Akzentmann zwei Kerle schicken würde. Unschwer zu erraten, daß sie mich im Wagen zu einem Felsen bugsieren und von da ins Meer werfen wollten. Für immer ausgeschaltet. Ich hatte es mit Gegnern zu tun, plötzlich. Und wie es aussah, waren das nicht gerade britische Fairneßfanatiker.

Pipi wollte wieder tanzen. Also stellte ich den Ghetto-Blaster an and ließ Sweet ablaufen, dazu drehte und wand sie sich am liebsten. Übermütig geworden durch den Erfolg, machte ich eine Flasche kalifornischen Wein auf, den mir jemand vor kurzem angedreht hatte. Und ganz unvermittelt waren wir beide von diesem Teufelszeug so betrunken, daß wir gerade noch den Ghetto-Blaster abstellen konnten, bevor wir auf der Matte landeten. Angezogen. Und sofort einschliefen. Es ist zwar ein erhebendes Gefühl, am Morgen dicht an ein Mädchen geschmiegt aufzuwachen, aber es ist schon etwas beeinträchtigt, wenn man sich erinnert, was man alles durch den Satan Alkohol in den paar dunklen Stunden versäumt hat.

Pipi lachte nur, als sie sich zu ihrem Hotel aufmachte. Aber zum Trost ließ sie durchblicken, es habe ihr trotzdem Spaß gemacht. Liebe!

Es gibt ein kleines Büro in der Stadt, an das sich ein Mann wenden kann, der entweder die Telefonnummer eines nichtregistrierten Teilnehmers haben will oder den Namen zu wissen wünscht, der hinter einer bestimmten Nummer steckt. Zwei äußerst freundliche Chinesen betreiben es im Zentraldistrikt, und man kann auf die gewünschte Auskunft warten..

Das tat ich auch, wobei ich mir am späten Vormittag immer noch Mühe geben mußte, nicht einzuschlafen. Dabei war ich gar nicht gefordert worden in der vergangenen Nacht, wenn man von dem verdammten Wein absah. Doch an dem lag es wohl gerade. Mein Kopf war leicht zur Seite abgekippt, als der eine der beiden Chinesen mir drei Streifen Papier reichte und sachlich bemerkte, er bekäme drei Dollar.

»Danke«, sagte ich, aufschreckend und aus dem Korbsessel hochfahrend, und gab ihm fünf. Er verbeugte sich tief.

Der erste Streifen wies die Adresse eines Geldverleihers in Kowloon auf, der zweite den Namen einer Firma, die Armaturen reparierte, während der dritte mit einer Privatadresse am Peak beschriftet war. Mister Luigi Ercoli. Ohne Berufsangabe. Vielleicht ein reicher Pensionär. Schien aus dem Lande zu kommen, aus dem auch Ricos Turnschuhe kamen. Ich verließ das Büro, steckte die drei Notizstreifen, die von einem Computer stammten, in die Tasche und fuhr zuerst nach Kowloon.

Der Geldverleiher war einer von vielen, die es in der Kolonie gab. Ein älterer, etwas fetter Chinese, offenbar Inhaber und einziger Angestellter zugleich, erläuterte mir die Bedingungen. Zehn Prozent. Das war, am Standard der übrigen Geldverleiher gemessen, günstig. Und der alte Herr bemerkte dazu, eine Spezialität, die er zu bieten habe, bestehe darin, daß er Bargeld in jeder gewünschten Währung auszahle, was die wenigsten anderen Geldverleiher taten.

Ich versuchte es mit einem alten Trick und murmelte, für ihn gut hörbar, vor mich hin: »Ah ja, das hatte mir Rico auch schon angedeutet...«

Doch der Alte ging nicht darauf ein, er lächelte nur, nannte mir Rückzahlungsmodalitäten und Limitbeträge. Am Schluß war ich froh, ihm zu entkommen, bevor er mir noch eine Million andrehte. Ich war mir nicht schlüssig, aber ich bezweifelte, daß der Alte mehr mit Rico zu tun haben könnte, als ihm gelegentlich Geld zu leihen, wenn die Geschäfte mal nicht so blendend liefen. Außerdem sprach er nicht mit jenem Akzent, den ich am Telefon gehört hatte; sein Chinesisch war rollendes Mandarin, wie man es bei Leuten antrifft, die aus der Pekinger Gegend kommen.

In der Armaturenfirma war gerade große Aufregung, es hatte einen Brand gegeben, weil ein Hilfsarbeiter beim

Schweißen unvorsichtig gewesen war. Ich verkniff es mir, darauf zu verweisen, daß man fürs Schweißen in der Kolonie ein Patent brauchte; es ging mich nichts an. Aber ich verlor meine gute Laune, als ich mit meinen Sandalen im Wasser herumpatschte, das die Feuerwehr gratis hinterlassen hatte. Wo doch in Hongkong Wasser so wertvoll war wie Goldstaub, weil man es aus dem großen Land beziehen mußte!

Der Inhaber der Firma rannte wütend hin und her, und man hatte den Eindruck, er würde sich jeden Augenblick selbst ohrfeigen. Schließlich blieb er jammernd vor mir stehen, rang die Hände und flehte mich an, in der Versicherung dafür zu werben, daß man ein Einsehen hatte, dieser verdammte Kerl habe ihn beschwindelt. Betrogen sogar, denn bei der Einstellung habe er ein Dokument vorgewiesen, daß einem Schweißerpatent zumindest sehr ähnlich sah.

Ich hätte ihm sagen können, wo man derlei Dokumente für ein paar Dollar ausgefertigt bekam, aber es ging mich nichts an. Ich klärte ihn auf, daß ich von keiner Versicherung käme, und als er endlich begriffen hatte, erkundigte ich mich freundlich, ob denn Rico wieder mal dagewesen sei, er sei verzogen und ich suche ihn. Der Chef wußte nicht, wen ich meinte. Sah mich hilflos an, zuckte die Schultern und verwies mich an seine Kundenkartei. Im Büro stehe das Wasser auch nicht so hoch wie hier draußen.

Ohne rechte Begeisterung folgte ich seinem Rat, und eine mürrische Bürodame fuhrwerkte so lange im Hauptbuch herum, bis sie gefunden hatte, was sie suchte. Ja, Mister Aranquez sei dagewesen. Man habe in seinem Bad an den Armaturen eine Veränderung vorgenommen, die der Eigner des Appartementhauses dann später nicht bezahlte. Inzwischen sei die Summe aber von Mister Aranquez selbst beglichen worden. Ob ich vom Eigner käme? Ich bejahte, und dann bedauerte ich das Mißverständnis, wir würden Mister Aranquez den Betrag selbstredend zurückerstatten, die Reparatur falle, wie wir nachträglich erst gemerkt hatten, eben doch in unsere Kompetenz. Wieviel es gewesen sei. Sie schrieb es mir auf einen Zettel. Einhundertzwanzig Dollar. Noch ein Zettel. Und eine Niete mehr, die ich gezogen hatte.

Grollend fuhr ich in Richtung Peak. Wenn Sie annehmen, das sei einfach nur diese knapp fünfhundert Meter hohe Sehenswürdigkeit aus feinstem Grün, eleganten Villen, Wohnhochhäusern, der uralten Peak-Bahn, die bis zum Tower fährt, vom *Hilton* Hotel ab, dann irren Sie. Gewiß, es ist schon ein Abenteuer, aus der kleinen Seilbahn die idyllische Landschaft zu genießen, oben im Tower zu essen oder einen Kaffee zu trinken, der achtmal teurer ist als unten – die ganze Wahrheit ist das aber nicht: Der Peak ist nicht bloß eine Wohngegend, er ist eine Lebenshaltung. Er ist das Reservat derer, die in der Kolonie offen oder verdeckt die Entscheidungen treffen. Hier wohnen nicht nur der Gouverneur, der Polizeichef und der Direktor der Hongkong-Bank, hier haben sich seit Jahrzehnten all jene angesiedelt, die in der hohen Finanzwelt, in der Politik, im Filmgeschäft oder in der Computerbranche etwas zu melden haben, was zählt. Es sind nicht so sehr die Neureichen, die hier wohnen, es ist der alte Geldadel der Kolonie; von Beginn an wohnten hier nicht nur Engländer, sondern auch jene Chinesen, deren Handelshäuser mit den Engländern die einträglichsten Geschäfte betrieben. In den letzten Jahren allerdings, das muß man zugeben, ist diese täglich wie frisch gebürstet erscheinende Gegend hoch über der Qualmwolke Victorias ein wenig gemischter geworden. Ich habe mich nie so recht für die Gründe interessiert, aber die Eingeweihten sagen, es hänge damit zusammen, daß nach und nach mehr von den eleganten Villen frei würden, weil ihre Besitzer sie verkauften. Und das taten die, weil sie den Pekingern nicht so recht trauen, die kurz vor Ende des Jahrhunderts das Gebiet der Kolonie übernehmen werden. Sie schließen ihre Geschäfte ab, transferieren ihr Kapital auf die Bahamas und machen lieber dort weiter. Das hat dazu geführt, daß die Gesellschaft auf dem Peak gemischter geworden ist, ja sogar Appartementhäuser voller mittlerer Angestellter gibt es jetzt schon hier. Wie sagte doch der Dichter? *Die Herrlichkeit des Herbstes vergeht wie ein Hauch von Gold auf stürmischer See!*

Ich hatte Zeit, die dritte Adresse gemächlich zu erkunden. Deshalb ließ ich den Toyota am *Hilton* stehen und stieg in die Peak Tram. Während sie nach oben kletterte, gönnte ich mir einen Blick über diese grüne Insel im Betonmeer, und ich erinnerte mich mit einer gewissen Demut an Erzählungen meiner Mutter. Demnach hatten sich in früheren Zeiten reiche Anwohner in kostbar geschmückten Sänften bergan tragen lassen, bis zu ihren erlesenen, mit den Schätzen des fernen Ostens dekorierten Wohnstätten. Vorbei, wohl für immer! Heute gab es längst nicht nur die Tram. Die alten Sänftenwege waren zu asphaltierten Serpentinen geworden, auf denen die Luxusmobile der Reichen rollten. Wir leben nun mal in einer Zeit, die keinen Sinn für beschauliche Idyllen mehr hat, es sei denn, man konserviert einige wenige zum Vorzeigen für Touristen. Eine Stadt mit siebzig Zeitungen und einem Dutzend lärmender Radiostationen verliert wohl nicht nur ihren alten, ehrwürdigen Geist, sie verkommt auch in ihren Landschaften. Weil es neben den Zeitungen und Radiosendern den Hafen gibt, die Containerumschlagplätze, die stinkenden Lagerhallen der mehr als tausend größeren Firmen, die hier entweder produzieren oder Handel treiben. Will man Natur sehen, dann ist auch der gute alte Peak bald nichts mehr wert; man muß auf die Außeninseln fahren, nach Lamma oder Lantau, besser noch auf kleinere Eilande, die vorläufig vergessen scheinen von der Zivilisation. Wie lange wohl noch?

Ich hatte den allgemeinen Verfall der Welt aufrichtig bedauert, während die Tram sich emporschraubte. Oben schlenderte ich über die von Touristen wimmelnde Terrasse, auf der die Fernrohre standen, und dort, wo der Ausblick bezahlt wurde, ging ich einen cleveren jungen Kassierer an: Ob Mister Ercoli sich vielleicht doch geirrt hätte, als er mir sagte, man könne sein Anwesen von hier aus sehen?

Der Bursche war sehr entgegenkommend, als ich ihm ein Ticket abkaufte, und er erkundigte sich geschäftsmäßig: »Ercoli? Welche Nummer?«

Ich gab ihm die volle Adresse. Und er ging mit mir sogar bis zum nächsten Rohr, richtete es ein, trat beiseite und forderte mich dann, zum Zeichen, daß er Fremdsprachen beherrschte, in Französisch auf, ins Okular zu blicken: »Voilà, Sir!«

Ich trat an das Gerät, und alles, was ich entdecken konnte, war eine schneeweiße Fassade mit Balkonen und Hängepflanzen sowie ein silbergrauer Bentley vor dem

Anwesen. Die Mischung, die das vornehme Hongkong signalisiert.

Ich merkte mir die Richtung. Abwärts zu Fuß machte es mehr Spaß als aufwärts mit der Tram. Trotzdem dauerte es beinahe eine Stunde, bis ich das Anwesen von Mr. Ercoli vor mir liegen sah. Eine noch ruhige Gegend. Das Grün der Landschaft ging sanft in die bläulichen und rosa Töne über, in denen der Park des Mister Ercoli leuchtete. Kiefern, rundgestutzte Büsche und leuchtende Blüten. Frangipani, Hibiskus, Jasmin. Ich hatte überlegt, wie ich zu Informationen gelangen konnte, aber mir war bislang noch keine brauchbare Taktik eingefallen. Dies hier war kein Geldverleiher, auch keine Metallbude. Der Bentley stand noch vor dem Haus. Aber er fuhr an, als ich ihn gerade voll im Blickfeld hatte.

Ich trat zur Seite, schob mich hinter ein paar Büsche, die den Straßenrand säumten. Und dann sah ich den Wächter. Er hatte neben dem Tor, das er jetzt von innen öffnete, einen kleinen Steinbau als Aufhenthaltsraum. Der Mann war groß und kräftig, kein Chinese. Typ Muskelmann. Er blieb neben dem einen Torflügel stehen, wartete, bis der Bentley heran war, und legte die Hand zum Gruß an seine Schirmmütze. Sie erinnerte an Kopfbedeckungen, wie ich sie aus amerikanischen Filmen von Autobahnpolizisten kannte, seltsam eckig genähte Deckel. Aber meine Aufmerksamkeit galt gar nicht der Mütze, als der Mann den Arm hob. Er zog dabei nämlich ein wenig die kurze Jacke hoch, und dabei sah ich die Pistole im Gurt stecken. Ein ziemlich großes, schwarz brüniertes Ding.

Wächter mit Pistole. Als ich einmal in Manila gewesen war, hatte ich entdeckt, daß dort fast jeder Bewohner eines Einzelgrundstücks bewaffnete Wächter hatte. Meist sogar mit Maschinenpistolen ausgestattet. Für die Philippinen mit ihren Umstürzen und der hohen Gewaltkriminalität war das üblich, nicht für Hongkong. Hier trug die Polizei Waffen, und es gab Waffenscheine für eine sorgsam ausgewählte Schicht von Bürgern. Die Engländer liebten es nicht, daß ein jeder mit einer Waffe herumlief wie in Amerika, sie prüften bei der Erteilung von Genehmigungen die Notwendigkeit sehr genau. Was machte Mr. Ercolis Wächter zu einer solcherart bevorzugten Person? War Ercoli ein Mann der Politik? Ein Ausländer in britischen Diensten? Oder bewaffnete er seinen Wächter auf eigene Faust, unter Umgehung der britischen Gesetze? Das wäre gewagt. Zudem war der Peak nicht gerade die Wohngegend, wo man sich gegen Einbrecher und Diebe mit Schußwaffen schützen mußte – ein Anruf bei der Polizei genügte, und sie war in Minutenschnelle da. Anders als in den chinesischen Wohngebieten, wo dieser Service erheblich länger dauerte.

Ich wartete, bis der Wächter das Tor geschlossen hatte. Dann schrieb ich die Nummer des Bentley auf, die ich mir gemerkt hatte. Nachdem der Bewaffnete wieder in seinem Steinbau seitlich des Tores verschwunden war, trat ich aus dem Gebüsch und spazierte weiter abwärts. Ich traf ein paar Touristen, die sich ebenfalls für einen Fußmarsch entschieden hatten, dann kam das Lieferfahrzeug einer Lebensmittelkette und zuletzt noch ein Schwarm schnatternder chinesischer Mädchen. Als ich unten am *Hilton* in meinen Toyota stieg, war ich sehr nachdenklich. Hatte ich meinen Mann gefunden? Der Geldverleiher und der Metallwerker schieden wohl aus. Blieb der Besitzer dieses Bentley. Ich hatte ihn nicht erkennen können, der Sichtwinkel war ungünstig gewesen, und außerdem hatte der Passagier des Wagens sich weit in die bequemen Polster des hinteren Sitzes zurückgelehnt. Welche Rolle spielte dieser Mr. Ercoli in dem Stück, das hier lief? Wenn ich Bobby Hsiang nach der Profession dieses offenbar reichen Herrn fragte, würde er wittern, daß ich etwas herausgefunden hatte, aber hatte ich es denn wirklich?

Gegen Abend, als die Sonne hinter die Hochhäuser von Victoria tauchte, saß ich am Tisch eines Straßencafés und war entschlossen, nicht in die Falle zu laufen, die Ricos unbekannter Telefonpartner mir zu stellen gedachte. Ich ging in das Café, an die Theke, zum Telefon, und rief Bobby Hsiang an. Er war in einer Sitzung, und es dauerte eine Weile, bis sein Assistent ihn geholt hatte.

Unwirsch erkundigte er sich: »Was ist los?«

Es gelang mir, seine Aufmerksamkeit sofort zu wekken, als ich ihm erzählte: »Ich habe herumgehorcht, Bobby. Und ich treffe mich um zwanzig Uhr mit jemandem, der mir eine Falle stellen will, weil ich herumschnüffle. Was rätst du? Wenn ich es darauf ankommen lasse, kann es leicht zu einem Unfall führen...«

Er schniefte. Ein Laut, den er immer dann verursachte, wenn er nach alter chinesischer Sitte eigentlich ausspucken wollte und sich im letzten Augenblick daran erinnerte, daß die Hygienebehörden das als Unsitte bezeichneten und ein guter Polizist sich das zu Herzen nehmen sollte.

Aber Schniefen war auch ein Zeichen, daß Bobby Hsiang angesprungen war, innerlich. Er fragte: »Und was soll ich dabei? Soll ich dich raushauen?«

»Wollen wir die Sache gemeinsam angehen? Schließlich war es Mord. Amtsangelegenheit. Und ich habe dir versprochen, im Falle von Erkenntnissen…«

»Ja, ja«, brummte er. Dann eine Weile nichts. Und zuletzt die Frage: »Wo bist du jetzt?«

Ich sagte es ihm. Er versprach, in einer halben Stunde dazusein. Ich bestellte mir noch einen Kaffee. Zuweilen konnte ich Kaffee trinken, bis es mir im Magen quirlte. Mögen die Götter Bobby Hsiang gnädig sein und ihn jetzt nicht in einen Stau geraten lassen, dachte ich. Denn wenn er solche halbamtlichen Sachen machte, hütete er sich, die Sirene zu benutzen.

Die Götter waren ihm gewogen, er traf tatsächlich eine halbe Stunde später ein. Zivil gekleidet, in einem zivilen Auto. Nun hatte ich die schwierige Aufgabe, ihm bei einer dritten Tasse Kaffee genau so viel zu erzählen, wie er unbedingt wissen mußte. Kein Wort mehr. Ich machte es kurz und ließ Mister Ercoli erst einmal aus.

»Du weißt, ich habe verschiedene Kontakte…«

»Deine Kontakte sind nicht viel besser als dieser Kaffee. Ich hätte Tee bestellen sollen.«

»Ich erfuhr, daß es einen Mann gibt, der zumindest eine Kleinigkeit über die Sache mit Kong Wei weiß. Ich habe ihm angeboten, eine Information gut zu bezahlen. Er hat eingewilligt, sich mit mir zu treffen. Aber mein Kontakt hat mich gewarnt. Der Mann ist nicht ungefährlich. Hat außerdem stets zwei Schatten bei sich. Du weißt, ich mache nicht gern einen Skandal in der Öffentlichkeit…«

»Du machst ihn lieber in Anwesenheit der Polizei, wie?« entgegnete er.

Das war Bobby Hsiang in der Originalausführung. Immer ein wenig mürrisch. Aber ein Mann, auf den man sich verlassen konnte, wenn es darauf ankam. Mit einem Haifischgebiß, wenn es darum ging, einen Gauner zu packen. Und dabei sah er recht harmlos aus. Ich verriet ihm noch, daß mein Kontakt mir den Mann beschrieben habe. Und dann gab ich ihm alle Einzelheiten von Rico, vom Gesicht über das Haar bis zu der in Grenzen hellen Hose, dem Hawaiihemd und den grauweißen Turnschuhen. Er hörte zu, eine seiner *Bastos* zwischen den Lippen. Solange ich ihn kannte, habe ich versucht herauszufinden, wie er es anstellte, daß ihm der Rauch nie Tränen in die Augen trieb. Es war mir nicht gelungen. Er bezeichnete es als Naturtalent – man hat es oder man hat es nicht. Schließlich trank er doch noch einen Tee. Und dabei besprachen wir die Sache ernsthaft. Wir würden getrennt vorgehen. Niemand durfte auf den Gedanken kommen, daß wir zusammen operierten. Bis der Gegner seine Karten aufdeckte.

»Was gibt's in diesem Restaurant *Bistro* zu trinken?« wollte er zuletzt wissen.

Ich sagte ihm, das Getränk der Franzosen sei Kaffee. Oder Wein. Und dann fügte ich versöhnlich hinzu, sie würden dort wohl auch einen Eistee servieren.

Eine Viertelstunde vor der vereinbarten Zeit betrat Bobby Hsiang das Lokal. Ich parkte ein Stück entfernt und besah mir die Gegend. Niemand war zu sehen, der mir besonders gefährlich vorkam. Auch von Rico keine Spur. Vielleicht war er schon im *Bistro*?

Ich wartete noch zehn Minuten, dann stieg ich aus, schloß mein Auto ab und schlenderte an den riesigen Schmuckblumentöpfen vorbei in das Lokal. Da waren einige Tische besetzt, mit Pärchen, Familien, auch mit Einzelpersonen wie Bobby Hsiang, der ganz im Stil eines erschlafften Bürohengstes ein Rätsel im *Star* zu lösen versuchte, wobei er nicht im entferntesten an einen Polizisten erinnerte. Seinen Eistee hatte er bekommen. Kein Rico. Nirgendwo zwei Burschen, die mich etwa abschätzend musterten.

Mit Bobby Hsiang hatte ich vereinbart, daß wir – falls niemand im Lokal erschien – nacheinander abfahren würden, ohne uns nochmals zu verständigen. Immerhin konnte es stille Beobachter geben. Es tat sich weiterhin nichts, außer daß die Kellnerin mir eine meiner geliebten giftgelben Limonaden brachte.

Dann knabberte ich am Plasthalm und wartete. Ein Pärchen an einem der Tische rückte näher zusamen, und der Bursche legte seinen Arm um das Mädchen. An einem anderen Tisch brannte sich ein älterer Chinese genußvoll eine Zigarre an, ein Anblick, der gewiß selten ist. An einem dritten klang Gelächter auf.

Bobby Hsiang kritzelte unverdrossen in seinem Rätsel herum. Es duftete nach Kuchen und Früchten. Eine angenehme Atmosphäre, zumal in einer Stadt, die sonst auch in den Restaurants ihre Hektik kaum verbergen konnte – das *Bistro* war schon eine Art Ruhepunkt. Nur mich machte es langsam nervös.

Eine halbe Stunde nach der vereinbarten Zeit winkte ich der kleinen weißbeschürzten Kellnerin und bezahlte meine Limonade. Im Vorbeigehen streifte ich Bobby Hsiang mit einem kurzen Blick, er sah ebenfalls auf, war aber mit dem Anbrennen einer *Bastos* so beschäftigt, daß er nicht einmal blinzelte. Ich wünschte ihm nicht, daß er wegen des Stinktabaks aus dem Lokal gewiesen wurde, aber Befürchtungen hatte ich schon.

Niemand folgte mir. Niemand lauerte mir draußen auf. Die breite Asphaltstraße, die an den Lee Garden Anlagen vorbeiführt, war jetzt ziemlich ruhig geworden. Um diese Zeit begann der Verkehr in Hongkong ohnehin im gewissen Sinne seine Richtung umzukehren: statt heimzufahren, schwärmte man nun wieder von zu Hause weg, den verschiedenen Abendunterhaltungen zu. Ich stieg in meinen Toyota, ohne daß ich auch nur ein winziges Zeichen von Rico oder seinen angekündigten Beschützern ausgemacht hätte. Bobby Hsiang würde ebenfalls Schluß machen. Was war geschehen? Hatte Rico aus Angst gekniffen? Sah ihm nicht sehr ähnlich. War er geflohen? Immerhin möglich. Ich würde es morgen herausfinden. Oder versuchte er einfach, die Sache in die Länge zu ziehen? Hatte sein Mentor, der Herr mit dem Akzent, ihn im letzten Augenblick anders beraten? Vielleicht hätte ich doch mit Bobby Hsiang darüber sprechen sollen, daß mir dieser Mr. Ercoli nicht ganz astrein vorkam. Manchmal wußte die Polizei mehr als alle Informanten, besonders dann, wenn jemand so weit oben schwamm, daß man besser die Finger von ihm ließ...

Die beiden Kerle erwarteten mich an Bord meiner Dschunke. Ich war gerade dabei, die Strickleiter einzuziehen, als ich den Hieb über den Schädel bekam. Ich versuchte, mich umzudrehen, halb gelang mir das sogar, und dabei bemerkte ich sie beide. Hatte für den Bruchteil einer Sekunde ihre Gesichter vor mir, aber mein Blick war nicht sehr sicher. Es half nichts, die Welt machte Schluß für mich, sie verschwand in tiefem Schwarz.

Als ich wieder zu mir kam, saß ich in der Wohnkabine auf dem Fußboden, mit dem Rücken lehnte ich an der Bordwand. Langsam erkannte ich die Umgebung wieder. Sogar meinen Revolver machte ich aus. Jemand mußte ihn mir aus dem Hosenbund gezogen und auf die Matratze geworfen haben. Dieser Jemand war Rico. Ich fühlte, wie mein Rücken sich mit kaltem Schweiß bedeckte. Wie hatte er mich ausfindig gemacht?

Bewegen konnte ich mich nicht. Hand- und Fußgelenke waren straff mit dünnem, sehr haltbarem Kupferdraht umwickelt. Das Material, das Elektriker benutzen, wenn sie Klingelleitungen legen. Hoffnungslos, das zerreißen zu wollen. Aber auch ein Hinweis darauf, daß hier Profis am Werk gewesen waren.

Rico merkte, daß ich die Augen geöffnet hatte, obwohl nur meine Dämmerlampe brannte, die nicht viel mehr als ein Orientierungslicht war, etwa wenn Pipi mich besuchte.

»Sind Sie ansprechbar, Mister Lim Tok?«

Er schien sich genau erkundigt zu haben. Ich nickte. Dabei wurde mir schwindelig. Der Knüppel war aus Hartholz gewesen. Man braucht eine Weile, um sich von einem solchen Hieb zu erholen.

»Wie sind Sie auf mich gekommen?« fragte ich. Die Stimme war krächzend, ich hätte eine Limonade vertragen können. Wie es aussah, war die Lage ziemlich hoffnungslos, er hatte mich, und ich sah keine Chance, etwas zu unternehmen.

»Die Fragen stelle ich, Sportsfreund!« Er spielte auf meine Gastrolle im *Tiger Hall* Fitness-Studio an. »Wer ist Ihr Auftraggeber?«

»Niemand«, sagte ich wahrheitsgemäß. Und weil er

nicht sehr überzeugt dreinblickte, so in meinem Sessel sitzend, die Beine in der in Grenzen hellen Hose übereinandergeschlagen, die Füße wippend, in die verräterischen Turnschuhe gekleidet, fügte ich hinzu: »Kong Wei war ein guter Freund von mir. Ich hatte Schulden bei ihm. Wollte in der Nacht damals noch zu ihm, bezahlen. Ich sah Sie und machte Sie ausfindig...« Der Schuhabdruck ging ihn einen Dreck an.

Rico überlegte eine ganze Weile. Er hatte so eine Art, wenig zu reden und gleichzeitig den Eindruck von Gefährlichkeit auszustrahlen. Vielleicht konnte ich ihn irreführen, ablenken, unsicher machen – eine andere Chance gab es wohl nicht.

Die Pause ausnutzend, fragte ich nochmals: »Wie sind Sie auf mich gekommen, Mister Rico, waren Sie vorhin doch vielleicht dort, an den Lee Gardens?«

Er erhob sich, kam herüber und knallte mir seine Pranke ins Gesicht. Der Raum drehte sich um mich. Was sollte ich bloß tun, um hier lebend herauszukommen? Schreien? Mein Liegeplatz war weit von anderen Booten entfernt. Wie um seine Leistung abzurunden, schlug Rico noch einmal zu, bevor er sich hinsetzte. Dabei erkannte ich, daß er seinen *Bodyguard* in einem leichten Holster unter dem Jackett trug.

»Hören Sie zu«, knurrte er, die Beine wieder übereinanderlegend, »Sie sind ein lausiger Detektiv. Sonst hätten Sie gewußt, daß sie im *Star House* in Kowloon Videokameras im Schließfachsaal haben. Sie heben die Aufzeichnungen einen Monat auf. Weil mein Revolver nicht so in das Tuch eingewickelt war, wie ich das mache, habe ich gemerkt, daß einer dran war. Man kann sich die Videos vorführen lassen. Noch Fragen?«

Ich hatte keine mehr. Der klassische Fall von blamabler Fehlleistung. Beschämend für einen Mann wie mich. Natürlich hatten sie in solchen Kaufhäusern und Passagen automatische Kameras! Wie hatte ich das vergessen können? Und außerdem den Revolver schlampig einwikkeln? Das kommt davon, daß man sich allzu sicher fühlt. Während Rico wohl überlegte, ob er noch Fragen ersinnen könnte oder ob er mir einfach erneut ins Gesicht schlagen sollte, quälte mich der Gedanke, daß ich wehrlos war. Gab es eine Möglichkeit, hier noch einmal lebend herauszukommen? Rico mußte mich nach der Logik dessen, was er getan hatte, ausschalten, sonst war er jederzeit sowohl erpreßbar als auch durch eine einfache Anzeige bei der Polizei gefährdet. Und mit ihm sein Telefonpartner, der vermutlich sein Auftraggeber war. Hatte er mit dem nochmals gesprochen? Wo waren überhaupt die beiden Burschen, die ich gesehen hatte, bevor ich abkippte? Hatten sie ihn mit mir allein gelassen, damit er mir den Rest gab?

»Hören Sie genau zu«, forderte er mich auf. »Sie können mich nicht anlügen. Wer weiß außer Ihnen noch von der Sache? Ich werde Sie fertigmachen. Für immer. Aber vorher erfahre ich noch, wer etwas weiß. Also?«

Da war so etwas wie eine Hoffnung! Vielleicht konnte ich mit ihm handeln. Er schien sich nicht ganz so sicher zu fühlen, wie er es mir weismachen wollte.

Warum ihn nicht testen?

»Selbstverständlich bin ich nicht der einzige, der Bescheid weiß«, sagte ich. Aus meiner Nase lief Blut, ich spürte es auf den Lippen. Ich mußte mir Mühe geben, meine Wut zu verbergen. »Aber ich werde Ihnen keinen Namen verraten. Es sei denn, wir einigen uns. Sie verschwinden, nachdem Sie mir die Drähte abgenommen haben, und ich habe Sie nie gesehen. Kenne Sie überhaupt nicht...«

Er lachte laut. »Was für ein cleverer Kerl Sie doch sein können! Nein, für diese Sorte Handel ist es zu spät. Sie sind schon tot, Lim Tok. Und falls es einen Mitwisser gibt, werde ich ihn genauso fertigmachen wie Sie!«

»Wenn er aber vorher zur Polizei geht?«

Das brachte ihn nicht durcheinander. Er schüttelte den Kopf. »Lassen Sie das meine Sorge sein. Ich werde den Tank Ihres Dschunkenmotors öffnen und einen brennenden Lappen hineinwerfen. Es wird kein angenehmer Tod sein, aber Sie hätten Ihre Nase nicht in meine Geschäfte stecken sollen!«

Mein Gehör signalisierte mir, daß jemand auf der Strickleiter an der Bordwand hochkletterte. Dabei entsteht nämlich ein leises Knarren der Seile. Ich hoffte, Rico würde es überhören. Man muß tatsächlich geübt sein, um solch ein Geräusch wahrzunehmen, weil eine Dschunke, die aus Holz gebaut ist, ohnehin immerzu in den Spanten knarrt und knackt. Ja, ich war sicher, da stieg jemand herauf, und zwar gab er sich dabei Mühe, leise zu sein. Wenn es einer der beiden Schläger war, was hätte er für einen Grund, Geräusche zu vermeiden? Ich hoffte, es war ein zufälliger Besucher. Und – er sollte möglichst eine Kanone bei sich haben.

Schnell begann ich zu reden, um Rico möglicherweise abzulenken. Aber ich hatte mich in ihm getäuscht, und zwar sehr gründlich. Dies war kein stumpfer Lohnkiller, kein unvorsichtiger Mann, sondern ein Profi, der alle Tricks kannte und dem sogar das leise Knarren der Strickleiter nicht entgangen war. Er lauschte. Dann riß er den *Bodyguard* aus dem Holster, und in Sekunden war er lautlos die Stiegen zum Deck hinaufgeklettert, verhielt einen Augenblick und sprang dann mit einem mächtigen Satz aufs Deck hinaus.

Unmittelbar danach hörte ich ein Klatschen, trappelnde Schritte, und etwas schlug auf dem Wasser auf. Stille. Nur die üblichen Geräusche der Dschunke. Ich erstarrte. Hatte Rico den unbekannten Besucher erledigt und ins Wasser geworfen? Dann kam jetzt ich an die Reihe. Ich zerrte an den Kupferdrähten. Nutzlos. Aber ich sah, daß mein Revolver noch immer auf der Matratze lag, wohl von Rico dort hingeworfen. Ob er ihn entladen hatte? Ich überlegte nicht lange. Dies war meine letzte Chance. Ich rollte mich zu der Matratze hin, und da meine Handflächen frei waren, konnte ich den Revolver zwischen sie klemmen und den rechten Zeigefinger in den Abzug schieben. Ich würde auf Rico anlegen, sobald er erschien, aber es sollte schnell gehen, denn die Drähte schnitten immer tiefer in meine Handgelenke.

Da erschien der erste Fuß auf der obersten Stufe! Kein Turnschuh, wie ich erkannte. Ich gab mir alle Mühe, meine Erregung zu beherrschen, aber ich fürchtete, daß meine Hände doch ziemlich unsicher waren, fraglich, ob ich einen guten Schuß würde anbringen können.

In diesem Augenblick hörte ich Bobby Hsiang sagen: »Was ist los? Warum meldest du dich nicht?«

Er stieg herab, seine Dienstpistole in der Hand. Als er mich sah, schüttelte er bekümmert den Kopf, steckte die Waffe ein, und dann fragte er mich, ob ich eine Beißzange hätte. Ich sagte ihm, wo sie lag, und als er meine Gelenke befreit hatte, waren es zwei Fragen, die mir auf der Seele brannten.

»Wo ist Rico?«

»Wer ist Rico?« fragte er gelassen zurück.

»Mister Aranquez. Der Name des Mannes, der mich hier überfallen hat...«

»Wenn du den meinst, der heraufkam... der ist ins Wasser gesprungen. Vorher habe ich ihm auf den Kopf geschlagen, mit dem Kolben. Er ist weggetaucht. Adresse?«

Er hatte sein Notizbuch in der Hand und schrieb, während ich diktierte. Dann bemerkte er beiläufig: »Das kommt davon, daß man der Polizei nicht gleich die volle Wahrheit sagt. Kannst du laufen?«

»Wohin?«

Er sah mich geduldig an. Holte eine *Bastos* aus der Tasche. »An Land. Ich würde an deiner Stelle den Rest der Nacht in freiwilliger Emigration verbringen. Da waren noch zwei Kerle, die könnten zurückkommen. Nachsehen, wo der dritte geblieben ist.«

»Du hast sie beobachtet?«

»Natürlich habe ich!« Er lachte. Hustete Zigarettenrauch aus. »Wenn ein Treff platzt, ist es immer wahrscheinlich, daß kurz danach eine Schweinerei passiert. Müßtest du noch aus deiner Zeit bei uns wissen. Deshalb bin ich hinter dir hergefahren. Ich habe geahnt, daß der Kerl, von dem du mir erzählt hast, dich reinlegen wollte.«

»Du hast zugesehen, wie sie mich umschlugen?«

»Von weitem.«

»Und hast nichts getan?«

»Beobachtet habe ich!«

»Gefesselt! Mit Draht! Der Kerl wollte die Dschunke anbrennen. Und ich mitten drin, gefesselt!«

»So etwas habe ich mir gedacht«, meinte Bobby.

»Aber... die hätten mir den Schädel wegblasen können!«

Er zuckte die Schultern. »Danach hätte ich sie gehabt!«

Bobby Hsiang, der Retter! Er war beleidigt, weil ich ihm nicht von vornherein die ganze Wahrheit gesagt hatte. Sollte er. Ich war froh, daß er im letzten Augenblick doch noch eingegriffen hatte. Und ich folgte seinem Rat. Mietete mich für die Nacht drüben in Aberdeen in einem der billigeren Etagenhotels ein, dessen Portier ganz verwundert war, weil ich kein Mädchen mitbrachte. Ich war wohl der einzige hier, der nichts wollte als schlafen. Ich hatte andere Sorgen. Zwei Stunden badete ich meine Gelenke in kaltem Wasser, bis mir schien, daß die Schmerzen geringer wurden und auch die Schwellung zurückging. Zwischendurch rief ich Pipi an, die Spätdienst hatte. Riet ihr, eine Weile nicht auf meine Dschunke zu kommen, und nannte ihr den Grund. Dann kam ich zu meinem eigentlichen Anliegen. Pipi war ein gefälliges Mädchen – das meine ich beruflich –, und manchmal erwies sie einem ausländischen Konsul einen Dienst, wenn dieser für einen Gast plötzlich ein Zimmer brauchte und das *Excelsior* eigentlich ausgebucht war. Auf diese Weise hatte sie einigermaßen gute Beziehungen zu solchen Leuten, und sie revanchierten sich gern, wenn sie das konnten. Ich bat sie, ihre italienischen Beziehungen spielen zu lassen und diskret herauszufinden, was es mit einem gewissen Mr. Luigi Ercoli am Peak auf sich habe. Als sie mich aufforderte, in einer halben Stunde noch einmal anzurufen, stutzte ich. Schließlich sollte sie den Herrn Konsul nicht gerade aus dem Bett klingeln. Aber sie lachte nur.

»Er ist noch gar nicht drin! Er ist in einem unserer Salons und gibt ein Bankett. Bis dann!«

Ich murmelte noch, sie solle darauf achten, daß er sich nicht an einem Cocktail verschluckte, aber das hörte sie schon nicht mehr. Also begann ich wieder mit kalten Bädern. Ab und zu guckte ich auf die Uhr. Die eine Hälfte der Arbeit eines Detektivs besteht darin, auf Informationen zu warten. Vorausgesetzt, er weiß, woher er sie bekommt!

Pipi war eine ziemlich verläßliche Quelle. Als ich sie nach einer halben Stunde wieder am Draht hatte, berichtete sie völlig sachlich:

»Signor Luigi Ercoli, wohnhaft am Peak, ist Botschaftsrat im Ruhestand. Geschieden. Wahrscheinlich keine Kinder. Sein letzter Posten war in Saigon. Von dort kam er bei Ende des Krieges nach Hongkong. Ließ sich hier nieder, weil Asien ihm fehlen würde, wie er verschiedentlich verlauten ließ. Ist ein wohlhabender Mann. Allerdings lebt er ein wenig zurückgezogen. Soll entfernt mit einem alten italienischen Adelsgeschlecht verwandt sein. Reicht das?«

»Und ob!« Ich war höchst zufrieden. Noch konnte ich nicht sagen, was mich an der Mitteilung eigentlich so faszinierte, aber es würde mir einfallen. Also warnte ich Pipi nochmals vor der Dschunke und versprach ihr, sofort Bescheid zu sagen, wenn die Küste wieder klar war. Sie versprach, mir bis dahin treu zu bleiben, und dabei kicherte sie nicht einmal.

Wieder hielt ich meine Handgelenke in kaltes Wasser, um die Fußknöchel wickelte ich nasse Handtücher. Und dann plötzlich funktionierte das Gedächtnis in meinem Kopf wieder, der an diesem Abend so unsanft behandelt worden war: Hatte nicht Hamburger-Charly mir vor Tagen ausgerichtet, Lao Dang von der Weißer-Mohn-Triade sei der Meinung, Rico arbeite für einen Gweiloh, einen Ausländer? Natürlich tat er das, er hatte ihn ja nach meinem Anruf sofort um Rat gefragt, den Mann mit dem Akzent! Und hatten die Akten im Hauptquartier der Polizei in der Arsenal Street nicht den Vermerk enthalten, Rico sei vor Jahren in eine Affäre verwickelt gewesen, in der es um den Schmuggel von gestohlenen Wertgegenständen aus Saigon nach Hongkong ging? Auch daß dabei ein ausländischer Diplomat im Spiel gewesen sei, dessen Name wegen mangelnder Beweise nicht genannt wurde? Hatte ich endlich den Faden in der Hand, über den ich das Knäuel aufrollen konnte?

Ich schlief schlecht in dieser Nacht, und das lag nicht nur daran, daß mir das sanfte Schaukeln der Dschunke fehlte. Obwohl die Schmerzen in den Gelenken spürbar nachließen, fand ich nicht die rechte Ruhe.

Am Morgen ging ich hinunter in den Frühstücksraum, kaufte mir eine Schale Reis mit Fisch und Gemüse, und als ein Boy die Zeitungen angeschleppt brachte, nahm ich ihm eine *Hongkong Post* ab. Eine dieser nur aus zwei Blättern bestehenden Boulevardzeitungen, die stets am saftigsten über Mord und Totschlag berichten, über Betrug in hohen Kreisen und Bordellskandale. Die Meldung war nicht zu übersehen: *Schock in der Morgenstunde!* Beim Nachhausegehen vom schwimmenden Restaurant Golden Lotos in der Bucht von Aberdeen hatten feuchtfröhliche Gäste entdeckt, daß unter der Gangway ein Toter im Wasser schwamm. Die Polizei habe ihn inzwischen als Enrico Aranquez identifiziert, Kaufmann von Beruf. Er sei in den Kopf geschossen worden.

Kaufmann Rico mit Kopfschuß! Ich rief sofort Bobby Hsiang an. Der war noch müde und wie immer schlecht gelaunt. Ja, er sei hinzugezogen worden, wie bei jedem Toten in der Kolonie ... jedem kriminell Getöteten, zum Teufel!

Und ja, es war der Mann. Zuletzt verriet er mir gönnerhaft: »Ich habe dein Abenteuer mit ihm unerwähnt gelassen. Du kannst sicher sein, du wärest schon hier in einer Zelle, wenn ich dich nicht selbst zu deiner Absteige gebracht hätte und sie mir bestätigen konnten, du seiest die ganze Nacht nicht mehr ausgegangen.« Zuletzt stöhnte er einigermaßen sachlich: »Sieht so aus, als mußte der Mann aushauchen, weil wir über ihn an das Fleisch im Nudelteig gelangen könnten.«

Eine Weile stocherte ich noch in meinem inzwischen kalt gewordenen Reis herum, aber es gibt nichts Widerlicheres für mich als kalten Fisch mit Reis, also legte ich die Stäbchen beiseite und zahlte. Gleichzeitig kündigte ich mein Zimmer.

Hei Ling Chau ist eine kleine Insel. Sie hat die Form eines Dreiecks und liegt vor der Silver Mine Bay, in die man einfährt, wenn man aus Hongkong kommt, etwa auf der Höhe von Aberdeen, zehn Kilometer westlich davon.

Früher, viel früher eben, war das einmal eine stille Insel gewesen, die den Vorzug hatte, ein paar Kilometer Straße zu besitzen, mäßig besiedelt zu sein und ein angenehmes Seeklima zu haben, nicht ganz die feuchte Schwüle, wie sie etwa im Zentraldistrikt Victoria herrscht oder in den Straßenschluchten von Kowloon.

Fischer gab es hier und ein paar Handwerker. Kaum Touristen. Das ist heute erheblich anders geworden. Der Grund sind die Boat People. Vietnamesen, meist aus der südlichen Metropole Saigon oder anderen großen Städten des Südens, die vor den über sie gekommenen neuen Verhältnissen flüchten, bei Nacht und Nebel, meist auf klapprigen Booten, für wahre Schätze gekauft. Sie fliehen aus politischen Gründen, aber manchen lockt auch das moderne Leben im Ausland, der eine oder andere hat sogar Verwandte, die auf ihn warten, Kinder.

Es war kein irrwitziger Einfall, nach Hei Ling Chau zu fahren. Hier hat die Hongkonger Verwaltung, die den Vietnamesen nur sehr zögernd die Einreise gestattet, ein Lager für all jene errichtet, die buchstäblich aus dem Meer gefischt werden, halbverhungert, krank, Männer, Frauen, Kinder.

Ich war einmal vor einiger Zeit hier gewesen, als es allerlei Horrorgeschichten um dieses Lager gab, das größte im Bereich Hongkongs. Die Geschichten waren erlogen gewesen; ein Reporter, dem nichts anderes einfiel, hatte sie in die Welt gesetzt. Bei dem Besuch hatte ich einen Eindruck von dem bekommen, was hier lief.

Damals lebten, flüchtig gezählt, etwa zweitausend Menschen in einer Art riesigem Käfig aus Draht, in dem Holzbuden standen, Wellblechbuden, Container, Kartonburgen, die der nächste Regen zusammenfallen ließ. Inzwischen kümmerten sich das Rote Kreuz und einige andere menschenfreundliche Organisationen um die Leute. Man schaffte aus Spendenaktionen Essen und Kleidung heran. Nur mit dem sehnlichsten Wunsch der Leute, sich bald irgendwo frei ansiedeln zu können, ist es nach wie vor nicht so gut bestellt. Die meisten Länder haben die Einwanderung von Vietnamesen arg gedrosselt. So gibt es hier in Hei Ling Chau nicht allein materielles Elend, es gibt auch die Trübsal der Chancenlosigkeit, des verbauten Ausgangs ins Leben, in das man ja eigentlich aufgebrochen war.

Das Motorboot, das ich mir geliehen hatte, war nicht gerade ein Rennfahrzeug; trotzdem hatte ich gerade erst die dritte Zigarette angebrannt, als die Insel in Sicht kam. Mir war eingefallen, daß ich bei meinem ersten Besuch erfahren hatte, hier gäbe es so manchen, der mit Amerikanern und anderen Ausländern in Saigon zusammengearbeitet hatte und dem die neuen Behörden deshalb jetzt das Leben schwermachten. Der alte Jammer, persönliche Freunde oder Gönner gehabt zu haben, die der neue Staat plötzlich als jedermanns Feind bezeichnete. Ich wollte einfach auf Verdacht im Lager suchen, und zwar nach Leuten, die etwas über italienische Botschaftsangestellte wußten. Mit den Jungens vom Bewachungspersonal hatte ich mich schon damals einigermaßen gut verstanden. Sie saßen hier sozusagen auf einer Isolierstation, da war ihnen jeder Fremde ein willkommener Gast. Noch dazu, wenn er einen Karton Bierbüchsen mitbrachte, wie ich jetzt, weil ich wußte, daß man die Jungens nicht gerade mit so etwas verwöhnte.

Ich legte am Steg an und wurde von einem halbe Dutzend junger Kerle wie ein Gott empfangen, als ich die Plane anhob, unter der die Bierbüchsen lagerten. Sie brachten mich mit einem ihrer Motorräder zum Lager, und auch der Kommandant, ein Mann meines Alters, zeigte sich äußerst erfreut. So brauchte ich nicht lange um die Sache herumzureden, ich konnte ihm sagen, weshalb ich gekommen war.

Möglich, daß es da Leute gibt, die etwas wissen, vermutete der Kommandant. Wir tranken unser Bier und rauchten, knackten Erdnüsse, und derweil waren ein paar junge Polizisten im Lager unterwegs, die sich einschlägig erkundigten. Die Leute lebten zwar kärglich, aber sie wurden nicht schikaniert, verstanden sich sogar mit den Posten leidlich. Also wäre es schon möglich, daß sich etwas Brauchbares fand, meinte der Kommandant.

Es war noch früher Vormittag, also verbanden wir das Biertrinken vorsichtshalber mit dem Verzehr von etwas Reis und Gemüse, was die alkoholische Wirkung in Grenzen hält. Trotzdem war der Kommandant schon recht fröhlich, als einer seiner Burschen ungefähr eine Stunde später einen Mann mittleren Alters anbrachte, der mich mit einem Blick ansah, in dem ebensoviel Mißtrauen wie Hoffnung zu lesen war.

»Nguyen Duc Thanh. Ich war Kraftfahrer bei der italienischen Botschaft, Sir. Ich bin Witwer. Habe aber eine Tochter, Ly, die ist vor Kriegsende schon nach Amerika gegangen. Sie hat geheiratet. Lebt in Kalifornien. Guter Mann, den sie da hat. War Zivilangestellter in Saigon. Nicht wahr, Signor Ercoli hat nun gewiß mit seinem Bemühen Erfolg gehabt, mich hier herauszuholen ...?«

Ich muß ihn ziemlich verblüfft angesehen haben, denn diese Überraschung, die einem Zufall zu verdanken war, mußte ich erst verarbeiten, und dabei mußte ich mir Mühe geben, daß der Vietnamese nichts davon merkte.

Als ich mich an den Posten wandte, der ihn gebracht hatte, zuckte der die Schultern und meinte: »Wartet auf diesen Italiener, seit er da ist. Ich hatte ›italienische Botschaft‹ noch nicht richtig ausgesprochen, da stand er schon vor mir.«

Er ging mit der Bemerkung, ich solle rufen, wenn ich ihn brauche. Der Kommandant griff sich eine weitere Bierbüchse und überließ mir dann großzügig seinen Amtsraum in der Baracke, damit ich in Ruhe mein Gespräch führen konnte.

Ich schenkte dem Vietnamesen zunächst einmal Bier ein – weil nichts anderes da war, in eine Polizeitasse, die so dick war, daß man einen Büffel damit hätte erschlagen können. Er trank es in sehr kleinen Schlucken, genußvoll, wie eine lange entbehrte Köstlichkeit, während ich mich bemühte, mit der Überraschung fertig zu werden und zu entscheiden, wie ich weiter vorgehen sollte.

Schließlich begann ich vorsichtig: »Sie verstehen, Herr Thanh, die Sache ist nicht ganz unkompliziert. Die Behörden geben sich ziemlich unbeweglich. Aber Signor Ercoli weiß natürlich, daß er Ihnen Hilfe schuldig ist...«

Es gelang mir, ihn zu der Bemerkung zu verleiten: »Das kann ich auch erwarten. Wie oft habe ich mich schon schriftlich an Signor Ercoli gewandt! Können Sie mir sagen, ob er meine Nachrichten bekommen hat?«

»Ich weiß, daß alles gewissenhaft befördert wird, was hier im Lager die Leute schreiben. Sie wenden sich ja auch an Verwandte in Amerika...«, entgegnete ich ausweichend.

Wie bekam ich den Vietnamesen dazu, daß er mir mehr über den Mann erzählte, dessen Fahrer er in Saigon gewesen war? Ich mußte ihn aus der Reserve locken. Würde das gelingen, indem ich Zweifel an der Loyalität Signor Ercolis in ihm wachrief? Der Versuch lohnte jedenfalls.

»Sehen Sie«, holte ich aus, »die ganze Sache ist so verzwickt, daß ich mich als Mann des Rechts entschlossen habe, einmal ohne Wissen Signor Ercolis mit Ihnen unter vier Augen zu sprechen. Sie kennen den Signor und wissen auch, daß er viel um die Ohren hat mit seinen Geschäften und daß er oft Dinge zu erledigen vergißt, die schon lange zur Erledigung anstehen …«

»Ich habe nie etwas vergessen!« beklagte sich der Vietnamese prompt. »Immer habe ich Signor Ercoli treu gedient, bei allem, was er mir auftrug!«

Ich machte eine zustimmende Handbewegung. »Ich weiß, ich weiß. Ebendeshalb ist es mir schon ein wenig peinlich, daß Signor Ercoli die Sache so lange anstehen ließ. Zumal sie für ihn kaum eine Belastung darstellen würde. Er brauchte mir nur den eindeutigen Auftrag zu geben, und die Angelegenheit ließe sich durch ein kleines Handgeld bei einem Behördenvertreter in die Wege leiten. In ein paar Wochen könnten Sie in den Staaten sein … Gesund sind Sie doch, oder?«

»Ich bin gesund!« erklärte Thanh. Er schien mich als irgendeinen Assistenten Ercolis einzuordnen. Gut so. Nahm eine Zigarette von mir, und nachdem er den ersten Zug gemacht hatte, überraschte er mich mit der Bemerkung: »Am Geld kann es doch nun wirklich nicht liegen. Signor Ercoli verwaltet ja meinen Anteil an dem Geschäft mit, das wir damals betrieben …«

Ich tat bekümmert. Schüttelte wie ratlos den Kopf und murmelte, auf ihn gezielt: »Das ist es ja, ich möchte die Geschichte anpacken, aber ich weiß zu wenig über alles, und das erschwert mein Vorgehen. Sie könnten längst bei Ihrer Tochter sein. Zumal Sie immer genau das getan haben, was Signor Ercoli anwies, es also keinen Dissens gibt. Aber er kommt bei seinen unzähligen Verpflichtungen einfach nicht dazu, mich in der notwendigen Weise ins Bild zu setzen...«

»Und ob ich genau das getan habe, was Signor Ercoli wollte! Solange der Krieg ging, war das selbstverständlich. Aber ich habe die Geschäfte auch nach dem Einzug der Roten weitergeführt, genau nach Anweisung. Bis es immer weniger wurde. Sie machten zuerst die Gießerei zu, in der wir die Figuren herstellen ließen, dann nahmen sie ein paar Beteiligte fest, und die quetschten sie aus. Auf diese Weise kamen sie hinter den Ring, der die Sache heranschaffte, und das war für mich das Ende. Ich fragte zwar noch bei Signor Ercoli an, was er rate, aber keine Antwort. Also nahm ich das nächstbeste Boot...«

»Ach«, tat ich verwundert, immer noch ziemlich im dunkeln tappend, »ich wußte gar nicht, daß es mit dem Auffliegen der Gießerei begann!« Der Teufel mochte wissen, was das für eine Gießerei gewesen war – und was man da goß!

Thanh bewegte leicht die Schultern. Was er dann erzählte, ließ langsam das Gefühl bei mir schwinden, daß ich in einem stockfinsteren Tunnel nach einem Neger in schwarzer Kleidung suchte.

»Sie ist nicht eigentlich aufgeflogen, Mister. Es begann damit, daß die neue Verwaltung alle Betriebe, auch die kleinsten, registrierte. So stießen sie auf die Gießerei. Und wenig später entschieden sie, es sei Verschwendung, dort Buddhas gießen zu lassen, die ihnen ja völlig wertlos erscheinen mußten, denn zum einen haben sie keinen Respekt vor Buddha, zum anderen bestanden die Figuren aus minderwertigem Material. Angeblich jedenfalls. Die Verwaltung ordnete an, daß dort Teile für Lampenpfosten gegossen werden mußten, für die Straßenbeleuchtung, und nun wirklich aus minderwertigem Schrott. Dabei hatten wir in den Schuppen noch mehr als einen Zentner Gold liegen, eingeschmolzen schon...«

Ich begann, den Wert der Quelle zu begreifen, die ich hier überraschend angezapft hatte. Mit dem, was ich hörte, fügte sich Teil um Teil einer komplizierten Geschichte zusammen, so schien es mir. Es galt jetzt, systematisch vorzugehen, deshalb stoppte ich den Redefluß des Vietnamesen erst einmal und sagte:

»Wissen Sie, Herr Thanh, dies alles kenne ich zwar in Andeutungen und auch zum Teil aus Aufträgen, die ich für Signor Ercoli ausführte. Aber ich sehe, ich muß die Sache jetzt anders anpacken, wenn ich Ihnen helfen will. Dazu muß ich den Hergang von Anfang an kennen. Dann kann ich Signor Ercoli ein wenig moralisch unter Druck setzen... Sie verstehen, was ich meine. Nur damit er endlich handelt. Er hat wirklich derart viel zu tun, daß er mitunter moralische Verpflichtungen übersieht. Und dabei haben Sie sich doch für ihn sogar in erhebliche Gefahr begeben...«

Der Vietnamese nickte bedächtig. Es schien mir, als sei dies genau der Augenblick, in dem er jemandem sein Herz ausschütten wollte. Und ich täuschte mich nicht. Der Mann kam sich hier, im Lager, vergessen vor, als habe er etwas falsch gemacht. Deshalb erfuhr ich in den folgenden Minuten ganz genau, was es mit der Zusammenarbeit zwischen Thanh und Signor Ercoli tatsächlich auf sich gehabt hatte. Stück für Stück fügte sich das Puzzle zusammen. Ich war buchstäblich auf Gold gestoßen...

In Saigon hatte es damit begonnen, daß ein Ring von kleinen Gaunern in den vom Krieg heimgesuchten Gebieten Tempel und Pagoden ausschlachtete, vor allem Kultgegenstände aus Edelmetallen wurden gestohlen. In kurzer Zeit schon kamen erhebliche Mengen von Bruchgold und Silber zusammen. Da der einheimische Markt wenig Absatzchancen bot, nahm der Ring Beziehungen zu Interessenten aus dem Ausland auf. Allerdings konnte man nicht riskieren, Edelmetall offen ins Ausland zu verschikken, ein Zollsystem von erheblicher Leistungsfähigkeit – so korrupt es auch war – machte das unmöglich. So erkundete der Ring bei Ausländern mit Sonderstatus vorsichtig die Bereitschaft, sich am Geschäft zu beteiligen, denn solche Ausländer, Diplomaten, Regierungsreisende, bestimmte Firmenbosse, unterlagen weder bei Flug- noch bei Schiffsreisen einer Gepäckkontrolle. Nach einiger Zeit geriet der Ring an Nguyen Duc Thanh, der in der italienischen Botschaft arbeitete, und dieser gewann den damaligen Handelsattaché Ercoli zur Mitarbeit.

Ercoli stellte die Bedingung, daß die Edelmetalle eingeschmolzen und in landesübliche Kultfiguren gegossen wurden, denn niemand würde es ihm verargen, wenn er als Kunstliebhaber solche Figuren bei Reisen mitführte oder als Fracht aufgab.

Der Ring machte eine kleine Gießerei ausfindig, die diese Prozedur gegen Beteiligung übernahm. Bald wanderten über Signor Ercoli auf diese Weise erhebliche Mengen Edelmetall, ausschließlich in Form von Buddhafiguren und Darstellungen von Apsaras etwa, in Richtung Macao oder Hongkong ab. Hier gründete Ercoli zeitweilig eine Scheinfirma, die den Weitervertrieb übernahm. Um Überraschungen vorzubeugen, wurden die Figuren einer raffinierten Bearbeitung unterzogen, und zwar schon in der Gießerei. Ihre Oberfläche wurde mit matt wirkender Plasthaut überzogen, die das Aussehen von Gußeisen oder Bronze hatte. Das Geschäft lief über Jahre und machte nicht nur die Angehörigen des Rings, sondern auch Signor Ercoli sehr reich. Noch vor Ende des Vietnam-Krieges gründete er in Hongkong eine neue Existenz, kaufte ein Haus, ließ es einrichten, und als die Amerikaner Saigon aufgaben und die Botschaften geschlossen wurden, zog Ercoli sich aus dem diplomatischen Dienst dorthin zurück, wo ich ihn, besser gesagt: seinen Bentley gesehen hatte.

Das Geschäft aber ging noch eine ganze Weile weiter. Zum Transport wurden jetzt Boote benutzt, die heimlich ausliefen und außerhalb der Hoheitsgewässer ihre Fracht auf Fahrzeuge des Mr. Ercoli umluden. Das Edelmetall stammte nun meist von Ausreisewilligen, die mit Wertgegenständen ihre Passage bezahlten. Und Ercoli bezahlte in Dollars, die jetzt in Saigon eine erstklassige Schwarzwährung darstellten. Für den reibungslosen Fortgang der Geschäfte sorgte Nguyen Duc Thanh, der die Expedition abwickelte. Er galt inzwischen als Arbeitsloser und hatte viel Zeit – bis dann die neuen Behörden die Gießerei in den Griff nahmen. Dabei, so wähnte Nguyen Duc Thanh, stießen sie wohl auf einige Dinge, die sie stutzig machten, denn sie begannen nachzuforschen. Als die ersten Festnahmen erfolgten, ergriff Nguyen Duc Thanh die Flucht übers Meer. In Hongkong, so hoffte er, würde er bei Signor Ercoli seinen Anteil an dem Geschäft kassieren und dann zu seiner Tochter in die Vereinigten Staaten reisen können...

»Aber ich sah mich getäuscht, Mister«, sagte er traurig. »Bis heute weiß ich nicht, was ich davon halten soll, Signor Ercoli hat sich überhaupt nicht gemeldet, er hat nicht auf meine Mitteilungen reagiert, ich weiß nicht, ob er sie überhaupt bekommen hat. Und außerdem sagen die Posten hier im Lager, daß Hongkong uns nicht haben will, daß Verhandlungen mit Hanoi geführt werden, um uns alle nach und nach wieder zurückzuschicken. Es wäre das Ende für mich, Mister, ich habe Angst!«

Ich war eine ganze Weile sprachlos. Der Gedanke, daß der Mord an Kong Wei, einem harmlosen Antiquitätenhändler, in einem solchen Zusammenhang stehen könnte, war mir nicht gekommen.

Wie es sich ergeben hatte, ausgerechnet Kong Wei zu verdächtigen und zu töten, blieb vorerst ein Rätsel. Der Vietnamese konnte ihn nicht kennen, und ich war überzeugt, daß Kong Wei an dieser Schmuggelei nicht beteiligt gewesen war. Ich hatte ihn zu gut gekannt, und ich war sicher, er hätte sich dafür nicht hergegeben. Er war nicht nur ein redlicher Geschäftsmann, sondern pflegte auch einem zu großen Risiko lieber auszuweichen, das war immer so gewesen.

Zunächst beruhigte ich Nguyen Duc Thanh. Ich erklärte ihm, es sei möglich, daß Signor Ercoli lange Zeit gar nichts von seinem Hiersein gewußt habe. Beim Charakter des Geschäfts habe er zudem befürchten müssen, daß ihm der Zoll den Namen des Vietnamesen gewissermaßen als Köder zuschob, um ihn zu überführen. Aber das glaubte Nguyen Duc Thanh, der inzwischen die dritte Tasse Bier leerte, nicht. Einer der Posten, dessen Namen er keinesfalls nennen wolle, sei auf sein Bitten und gegen ein paar alte Goldmünzen, die Thanh noch besaß, bei Ercoli gewesen. Er wohne am Peak. Und er habe gesagt, einen Nguyen Duc Thanh kenne er nicht, er könne sich jedenfalls nicht erinnnern. Habe auch in seiner Tätigkeit mit vietnamesischen Zivilisten außerhalb der Regierung überhaupt keinen Kontakt gehabt.

»Er hat mich als Schwindler hingestellt, Mister, können Sie das verstehen?«

Ich konnte. Aber das sagte ich ihm nicht. Ich wich aus. Es könne eine Schutzbehauptung gewesen sein. Schließlich war ihm der Posten unbekannt. Aber wenn ich es so recht bedachte, saß ich hier dem wichtigsten Zeugen gegenüber, den man brauchen würde, wenn man Signor Ercoli jemals anklagen wollte. Und dafür würde ich sorgen, das schuldete ich Kong Wei, obwohl sein eigentlicher Mörder ja schon tot war. Den hatte man beseitigt, um Spuren zu tilgen. Aber Ercoli war nach allem, was ich jetzt wußte, der Auftraggeber für den Mord gewesen, dessen wahrer Grund noch im Dunkel lag. Und doch – ab sofort, wenn Ercoli den Braten roch, wenn er befürchten mußte, daß Nguyen Duc Thanh sprach, dann war wohl auch der Vietnamese seines Lebens nicht mehr sicher. Leute wie den Turnschuh-Rico, die im Auftrag töteten, gab es in Hongkong eine Menge!

Nach einer Weile machte ich dem Vietnamesen einen Vorschlag. Ich versprach ihm, daß er in diesem Lager nicht mehr lange zubringen müsse. Ich würde mit Ercoli sprechen, ihn zuerst um Verständnis bitten und um die Einlösung seines alten Versprechens. Wenn er sich dann immer noch unwillig zeigte...

»Wären Sie unter diesen Umständen bereit, den Sachverhalt, den Sie mir schilderten, auch den Behörden darzulegen?«

Er versank in Schweigen. Ich ließ ihn einige Zeit nachdenken, bevor ich ihm mitteilte, daß es so etwas wie einen Kronzeugen bei der Aufklärung von kriminellen Taten gab; er würde seine Aussage selbstverständlich nur gegen die behördliche Zusicherung der Straffreiheit machen, außerdem bekäme er Papiere, die ihm eine Ausreise nach Amerika ermöglichten. Dabei hatte ich ein ungutes Gefühl, denn ich kannte die Einwanderungspraxis der Amerikaner. Sie gaben sich gegenüber ihren ehemaligen Alliierten aus Südvietnam heute recht zugeknöpft. Vielleicht ließen sich die Kanadier da noch etwas eher erweichen, mit denen hatten die Hongkonger Amtsstellen in solchen Dingen weitaus bessere Erfahrungen gemacht. Der Vietnamese tat mir leid, ihm war jetzt aufgegangen, daß kriminelle Kumpane allzuschnell ihr Wort brechen.

»Ich werde an der Sache arbeiten«, versprach ich ihm. »Und ich werde wiederkommen. Aber ich muß Sie aufmerksam machen: nur wenn Sie bereit sind, alles, was Sie mir erzählt haben, vor den Behörden zu wiederholen, wird man Ihnen eine Chance für die Auswanderung geben...«

Damit hatte ich ihm beinahe schon zuviel versprochen. Noch wußte ich nicht, auf welche Weise ich ihm aus dem Lager in Richtung Amerika würde helfen können. Aber eigenartigerweise war ich sicher, ich würde es schaffen. Schließlich war die Hongkonger Polizei, bei allen Einschränkungen, die man da zu machen hatte, in Mordfällen unerbittlich. Und das britische Recht ließ keinen Kronzeugen, wenn er bei der Aufklärung eines Vergehens derart aussagte, wie Nguyen Duc Thanh es tat, in einem Lager verrotten. Man würde auch nicht zulassen, daß er nach Hanoi zurückgeschickt würde, dort wegen seiner Flucht Ärger bekam. Deshalb war ich einigermaßen zuversichtlich, als ich mich von ihm verabschiedete.

Ich unterhielt mich noch eine Weile mit dem Kommandanten, während der Posten Thanh zurückbrachte. Ich wollte wissen, ob das Lager sicher sei oder ob es die Möglichkeit gab, daß da jemand verschwand.

Der Kommandant zerstreute meine Sorgen nicht ganz, aber immerhin erklärte er, das Gelände um das Lager herum werde überwacht. Wer die Insel beträte, lande bei ihm. Ich legte ihm ans Herz, Nguyen Duc Thanh zu schützen, falls er bedroht würde, und ich verriet ihm, daß er sich bereit erklärt hatte, als Kronzeuge auszusagen. Das veranlaßte ihn, mir amtlich zu versichern, der Mann werde fortan unter seinem besonderen Schutz stehen. Nun mag man über unsere wuchernde, vergnügungssüchtige, teilweise verkommene und verdorbene Kolonie sagen, was immer man will – auf ihre Polizei ist Verlaß. Vorausgesetzt, es wird nicht jemand bestochen. Und die Gefahr bestand.

Auf mein geliehenes Motorboot war auch Verlaß. Obwohl es seit langem nicht mehr zu den modernsten Fahrzeugen gehörte, brachte es mich in Rekordzeit wieder nach Aberdeen, und ich überlegte mir, wie ich nun vorgehen sollte. Nachdem ich eine Weile über Ricos Tod nachgedacht hatte, entschied ich mich, mit Bobby Hsiang zu sprechen. Vorerst, am Telefon, verriet ich ihm nur, ich hätte in der Mordsache Kong Wei einige entscheidende Zusammenhänge herausgefunden.

Er wollte sich mit mir treffen. Und weil ich mich auf meiner Dschunke immer noch nicht so recht sicher fühlte, verabredeten wir uns im *Hibiskus,* wo ich, zur Freude meiner Mutter, ein paar Tage bleiben wollte. Die

Fenwick Street war zwar eine windige Gegend, aber meine Mutter beschäftigte, wie andere Lokalinhaber auch, eine Truppe von Kostgängern, die damit bezahlten, daß sie ungehobelte, betrunkene Randalierer ebenso fernzuhalten wußten wie ungebetene Schnüffler, die auf Schleichwegen ins Obergeschoß zu gelangen versuchten.

Unten im Restaurant lärmte eine Rockband aus den Lautsprechern. Dazwischen gab es vom Mädchengekicher bis zu Männergebrüll alle Geräusche, die im Abendgeschäft einfach dazugehören. Man aß, trank, machte Mädchen an, die man irgendwo in einer Handtuchbude aufs Kreuz legte, man stritt sich, sang, und man fühlte sich wohl in dem Lärm, den es auch draußen gab, auf der Straße, überall, weil er eben zur Gegend paßte.

Es war die Zeit, in der die Mädchen gute Geschäfte mit einem Quickie zwischen zwei Gläsern Orangensaft machten und die Zuhälter auf einen Drink einkehrten; die wenigen Matrosen, die noch nicht auf einer Matte lagen und sich ihre edelsten Organe massieren ließen, suchten Souvenirs oder wählten gerade unter den Schönheiten der Tanzsalons. Händler verhökerten lauthals jeglichen Krimskrams, von Mickymaus-Präservativen über Comics bis zu gravierten Füllfederhaltern. Hier und da gab es selbst in der Fenwick Street, wo ein Lokal sich an das nächste reihte, Straßenküchen. Sie gehörten zum Gesamtbild, und sie machten keine schlechten Geschäfte, weil mancher, der sein Geld vor allem für handfestere Vergnügungen ausgeben wollte, hier besonders billig essen konnte. Andere, die es eilig hatten, bekamen hier rasch eine Haifischflossensuppe und brauchten nicht eine Stunde für ein chinesisches Dinner im Lokal zu schwitzen. Zwischen den Flanierenden erschien ab und zu ein Bettler, der klagend bekanntmachte, er werde unverzüglich verhungern, an Ort und Stelle, wenn ihm nicht jemand eine Schale Nudeln spendiere. An einer Ecke führte ein Khmer eine zahme Kobra vor, sie war so müde, daß sie sich an ihren Giftzahn vermutlich gar nicht mehr erinnerte, wenn sie ihn überhaupt noch hatte. Ein Apotheker pries eine Essenz an, nach deren Einnahme der Käufer vier Stunden ununterbrochen eine Dame befriedigen könnte. Und zwischen zwei Stundenhotels saß ein Maler, der Schnellporträts anfertigte. Kopf vor Hongkongs Wolkenkratzern, Palme an der Seite. Immer, wenn er wenige Zuschauer hatte, sprang ein Mädchen herbei, das sich unter lautem Gekicher splitternackt auszog und auf einer Aktdarstellung bestand. So füllte sich der Kreis der Neugierigen wieder, und der Maler bekam neue Aufträge. Ein Marktplatz der Skurrilitäten, dieses Wanchai am Abend. Nur daß es dabei fast ausschließlich um Geschäfte ging und nur bedingt um Vergnügen. Es war eben keine rundum fröhliche Flanierstraße, wenngleich es für den Uneingeweihten so aussah, es war vielmehr ein großer Markt, auf dem alles seinen Preis hatte. Aber das ist wohl inzwischen auf der ganzen Welt so!

Bobby Hsiang kam während des abendlichen Hochbetriebs. Ich saß auf dem Balkon, eingerahmt von Wäschestücken, die meine Mutter zum Trocknen aufgehängt hatte, wie man es hier überall tat. Das erste, was Bobby Hsiang mir mitteilte, war, daß er keine Zeit habe.

Es habe einen Lustmord an einem Badestrand gegeben, und der werde ihn für den Rest der Nacht beschäftigen.

Immerhin hörte er geduldig zu, als ich ihm von Nguyen Duc Thanh erzählte und von dessen Behauptung, an einem ziemlich kessen Schmuggelgeschäft mit einem pensionierten Diplomaten beteiligt gewesen zu sein. Ich hatte mich entschieden, Bobby Hsiang einzuweihen, weil die Geschichte für mich langsam zu explosiv wurde. Die Regulationen für unser Gewerbe sind streng: Ein Privatdetektiv darf alles mögliche ermitteln. Kommt er aber an ein Verbrechen, das gerichtlich verfolgt wird, hat er die Pflicht, etwaige Erkenntnisse der Polizei mitzuteilen. Die behindert ihn zwar nicht bei der Weiterarbeit, aber sie kann ihm zuvorkommen, weil sie die besseren Mittel hat. Eine Sache der Geschwindigkeit.

Wie es schien, hatte Bobby Hsiang allerdings wenig Lust, sich zu engagieren. Nachdem er alles angehört hatte, teilte er mir mit, Schmuggel sei nicht sein Gebiet, erst recht nicht dann, wenn die Sache so weit zurückliege. Und als ich ihn auf die Zusammenhänge mit dem Mord an Kong Wei hinwies, wiegte er den Kopf, kratzte sein kurzgeschnittenes, ergrauendes Haar und gab mir zu bedenken:

»Das fußt auf Vermutungen, Freund. Du hast keinen Beweis, daß Aranquez für diesen Diplomaten gearbeitet hat. Die Kugel, mit der er getötet wurde, stammt aus seiner eigenen Waffe. Wir haben sie an Land gefunden, auch die Stelle, an der er erschossen wurde. Kaum Spuren, weil es steiniger Boden ist. Mit Bestimmtheit können wir nur sagen, daß Kong Wei mit derselben Waffe wie Aranquez erschossen wurde. Ob aber Aranquez der Mörder war, steht auch nicht fest. Das ist lediglich deine

Theorie. Selbst wenn er es dir gegenüber so gut wie zugegeben hat. Nur – das ist *deine* Aussage, nicht *seine* vor der Polizei! Wer soll sie bestätigen?«

Die Mühlen der Polizei! Vielleicht sollte ich mich doch lieber auf mich selbst verlassen. Dann durfte ich allerdings den Fehler nicht wiederholen, der mir den Kupferdraht um die Gelenke eingebracht hatte! Bevor er ging, orakelte Bobby Hsiang noch ein wenig herum, weshalb man Aranquez getötet haben mochte. Er war skeptisch, als ich ihm sagte, Aranquez sei zu einem Risiko für seinen Auftraggeber geworden, weil er mich nicht zur Strecke gebracht hatte. Einen guten Killer konnte der immer wieder finden, wenn er ihn brauchte.

»Und wer, meinst du, hat abgedrückt? Der Auftraggeber selbst? Hast du diesen Diplomaten im Sinn?«

Das hatte ich, aber nicht als den, der abgedrückt hatte. Ich konnte Bobby nur nicht so recht überzeugen, als ich ihm sagte, das sei vermutlich ein weiterer Mann gewesen, über den Ercoli verfügte. Einer von den beiden, die ich für Sekundenbruchteile gesehen hatte, bevor mich bei dem Überfall auf der Dschunke die Nacht umfing. Bobby wollte wissen, ob ich sie wiedererkennen würde. Natürlich würde ich das!

»Aber sie dich auch«, gab er zu bedenken. Und dann ging er.

Ich hatte wieder einmal Gelegenheit, darüber nachzugrübeln, weshalb sich der Eifer der Polizei bei solchen Fällen in Grenzen hielt. Über eine Stunde tüftelte ich, wie man die festgefahrene Geschichte erneut in Schwung bringen konnte; mir fiel manches ein, aber nichts, das mich völlig außer Gefahr ließ. Diese Erkenntnis stimmte mich unzufrieden, und am Ende entschloß ich mich doch, wieder ein Risiko einzugehen. Wie damals bei Rico. Ich mußte meine Gegenspieler, die sich sicher fühlten, nachdem Aranquez nichts mehr ausplaudern konnte, aus ihrer Reserve locken.

Während unten im Lokal und auf der Straße das abendliche Wanchai quirlte, legte ich mich in dem kleinen Zimmer, das Mutter für mich stets bereithielt, auf ein Sofa, und bevor ich einschlief, wußte ich, wie ich es anpacken würde.

Wieder nach Kowloon. Der Tunnel kam mir doppelt so lang vor, weil alle Fahrbahnen von Langsamfahrern blockiert waren, so daß ich bereits ziemlich schwitzte, als ich drüben auf dem Festland anlangte. Bis zur Granville Road ließ ich mir absichtlich Zeit, und als ich mein Ziel erreichte, hatte die Innenraumbelüftung des Toyota, die man im Tunnel wegen der Abgase ausschaltete, ihr Wunderwerk vollbracht: ich hatte wieder trockene Sachen an!

Diesmal merkte ich mir den Namen des Inhabers, der auf dem Firmenschild stand, neben dem knallbunten, grinsenden Thailand-Buddha aus Porzellan im Schaufenster: Mister Ah Lon. Und ich begrüßte ihn mit seinem Namen, als er aus dem Hinterzimmer erschien. Sein glattes Gesicht unter dem weißen Haar verzog sich ein wenig, als er lächelte. Er hatte drei lange Barthaare, die aus einer Warze unterhalb des Kinns sprossen. Wieder machte er auf mich eher den Eindruck eines Gelehrten als den eines Händlers. Ich hatte mich an meinen ersten Besuch hier erinnert, am Abend zuvor, und mir war aufgefallen, daß ich dabei etwas versäumt haben könnte. Um das zu überprüfen, war ich ein zweites Mal hergekommen: Bei der ganzen Geschichte ging es um eine Buddhafigur, die

Kong Wei hätte haben sollen, die er aber nicht gehabt hatte. Er mußte sterben, weil man glaubte, er wolle die Figur nur nicht herausrücken. Wie ich auf der Insel Hei Ling Chau von dem Vietnamesen erfahren hatte, war die Goldschmuggelaktion so erfolgreich gewesen, weil das Material in jener Gießerei zu Figuren geformt und diese nachträglich mit einem Überzug versehen wurden. So rief man den Eindruck hervor, es handle sich um kein besonders wertvolles Metall. Irgendwie quälte mich der Gedanke, daß es hier, nur ein paar hundert Meter von Kong Weis Laden entfernt, einen anderen Antiquitätenshop gab, dessen Besitzer ebenfalls verschiedenartige Buddhafiguren aus den unterschiedlichsten Materialien anbot und der sich bester Gesundheit erfreute.

Der Alte erkannte mich wieder. Er schien wenige Kunden zu haben, denn er freute sich, mich wiederzusehen, obwohl er kaum damit rechnen durfte, daß ich etwas kaufte. Aber das kannte ich von Kong Wei. Antiquitätenhändler sahen sich oft in der Rolle von Museumswärtern, wenn die Geschäfte nicht gut gingen; so fanden sie sich leichter damit ab, wenn sie wenig umsetzten. Nach ein paar Höflichkeitsfloskeln fragte ich Ah Lon einfach, ob sich in letzter Zeit bei ihm jemand eingehend nach Buddhafiguren erkundigt hatte, ob er sie einzeln betrachtete, überhaupt an Buddhafiguren Interesse besonderer Art bekundete.

»Außer Ihnen?«

»Außer mir, ja.«

»Nein.« Er schüttelte den Kopf. »Sie waren der einzige Besucher, der sich interessiert zeigte in der letzten Zeit. Wenn man von ein paar Touristen absieht, die kleine Souvenirfiguren kauften und keinen besonderen Wert auf Herkunft oder Material legten. Worum geht es denn?«

Er machte nicht den Eindruck eines Kriminellen oder eines Mannes, der mit Kriminellen zusammenarbeiten würde. Was er sagte, entsprach wohl den Tatsachen. Trotzdem forschte ich weiter.

»Sie müssen meine Neugier verzeihen, Mister Ah Lon, ich bin Detektiv und untersuche eine Sache, in der Buddhafiguren eine gewisse Rolle spielen. Sind Ihnen jemals in Abständen solche Figuren angeboten worden, die stets aus demselben Material bestanden?«

Er schüttelte wieder den Kopf. In der Stube hinter dem Laden pfiff ein Wasserkessel. Der Alte entschuldigte sich für eine Minute. »Auch einen Tee?« fragte er.

Ich sagte ja, und er goß da hinten heißes Wasser in Deckeltassen, auf deren Boden er grüne Teeblätter gestreut hatte. Während wir mit den Tassen in den Händen im Laden standen, das Getränk immer wieder durch Pusten abzukühlen trachteten, eröffnete er mir beinahe spöttisch, seine Buddhas stünden schon seit Monaten in dem Regal mit dem Vorhang.

»Lediglich einer ist erst vor ein paar Wochen hereingekommen. Ich habe ihn eigentlich nur aus Mitleid gekauft. Der Mann, der ihn mir anbot, war ein Flüchtling aus Saigon, und er brauchte ein paar Dollar zum Leben. Obwohl ich die Figur eigentlich nicht brauchte, habe ich sie ihm abgenommen.«

»Ein Vietnamese?«

»Ein Vietnamese, ja.« Er ging an das Regal und zog den Vorhang beiseite. »Da oben. Sie hatten ja gestern schon einmal einen Blick darauf geworfen. Minderwertiges Material, vermutlich Schrott, eingeschmolzener.«

»Der Preis?«

Ah Lon lächelte geschmeichelt. Dann sagte er, zwanzig Dollar wären angemessen. Ich bot ihm fünfundzwanzig und bat ihn, die Figur in Ruhe besichtigen zu dürfen. Mir war ein Verdacht gekommen, der mich nicht mehr losließ. Konnte irgendein Vietnamese, wie Nguyen Duc Thanh in diesem Schmuggelgeschäft beschäftigt, die Figur von Saigon nach Hongkong transportiert haben, ohne ihren Wert zu kennen? Und konnte er hier ein kleines privates Geschäft gemacht haben? Hatte man ihn ausfindig gemacht, und hatte er, der sich vielleicht nicht so gut in der Gegend auskannte, den Laden falsch beschrieben? Eine abenteuerliche Kombination, aber die Praxis hatte mich gelehrt, daß das reale Leben immer abenteuerlicher war als alle Theorien.

Ich hielt die Stehleiter, als der Alte hinaufstieg und die unansehnliche schwarze Figur des Allweisen aus dem Regal nahm. Er stellte sie auf den Ladentisch, fuhr mit einem Staubwedel darüber und widmete sich dann wieder seinem Tee. Ich schob ihm die fünfundzwanzig Dollar hin, und dann klappte ich mein Taschenmesser auf, nahm mir den Boden der Figur vor und schabte mit der Klinge die Oberfläche ab.

Schon nach den ersten Kratzern war ich sicher, daß es sich hier nicht um Patina handelte, sondern um eine vergleichsweise zähe, aber elastische Masse. Plast. Ich schabte weiter. Es schien den Alten gar nicht zu interessieren, er murmelte etwas von eingeschmolzenen Patronenhülsen aus dem Krieg, gemischt mit anderem Metallschrott. Er irrte sich. Als ich auf die erste Metallschicht unter dem Plast stieß, wurde das Material heller. Und weicher als Messing. Ich war auf Gold gestoßen, im wahrsten Sinne des Wortes, auf einen vagen Verdacht hin. Wenn die ganze Figur aus demselben Metall gegossen war, das ich freigelegt hatte und von dem Nguyen Duc Thanh gesprochen hatte, dann war sie ein Vermögen wert.

Ah Lon hatte wohl die Wahrheit gesagt. Vom eigentlichen Wert der Figur ahnte er nicht einmal etwas. So trank ich, ein wenig nervös geworden, meinen Teetopf leer, während der Antiquitätenhändler den Buddha in starkes Packpapier einwickelte und ihn so geschickt verschnürte, daß ich ihn an einer Schlaufe tragen konnte. Wir schieden mit einem Schwall von Freundlichkeiten, wobei Ah Lon mich immer wieder einlud, bei ihm einzukehren, wann ich nur wollte.

Als ich endlich in meinem Toyota saß, war ich um einen Klumpen Gold reicher. Aber da war auch der quälende Gedanke, daß mein Freund Kong Wei höchstwahrscheinlich noch am Leben sein könnte, hätte es bei der Angabe des Ladens durch den erwischten Dieb nicht die kleine Ungenauigkeit von einigen hundert Metern gegeben. Ercoli hatte den Dieb suchen lassen, er war wahrscheinlich beseitigt worden. Tote Vietnamesen wurden heute in Hongkong des öfteren gefunden; die Polizei untersuchte nur ungern, wie sie ums Leben gekommen waren, man machte es sich oft einfach und konstatierte Selbstmord. Bei der Adresse, die der unglückliche Dieb angegeben hatte, bei Kong Wei, fand sich der Schatz nicht, so vermutete ich. Dem Killer, den Ercoli dann ansetzte, war nichts Besseres eingefallen, als Kong Wei nach zweimaliger Befragung einfach zu erschießen. Wie schnell und unverdient man doch in Hongkong ums Leben kommen konnte!

Wie brachte ich nun, da sich wenigstens für mich das Geheimnis etwas lichtete, Signor Ercoli dazu, Farbe zu bekennen? Ich hatte nicht die Absicht, ihn davonkommen zu lassen, nachdem Rico, sein Killer, tot war. Nein, wenn das, was der Vietnamese auf der Insel mir erzählt hatte, stimmte, dann war Ercoli der Auftraggeber und trug die Hauptschuld. Daß ich jetzt einfach die Buddhafigur zu Geld machen und dann für den Rest des Lebens mein Zelt in Bora Bora aufschlagen konnte, oder auch an der französischen Riviera, das kam mir zwar in den Sinn, aber ich dachte überhaupt nicht ernsthaft an Ruhestand und Playboydasein. Außerdem würde ich, ohne das Gold herauszurücken, Ercoli wohl kaum überführen können.

Ich rief ihn an, nachdem ich den schlecht belüfteten Tunnel hinter mir hatte und wieder auf der Insel war. Nach Verlassen des Tunnels war ich links eingebogen und am *Excelsior* gelandet, wo mich Pipi an der Rezeption nach ängstlichen Seitenblicken warnte, sie nicht zu küssen. Der Chefmanager habe eine Stinklaune heute und treibe sich dauernd in der Halle herum, um seine Wut an irgend jemandem auszulassen.

»Vielleicht ist ihm seine Frau durchgebrannt«, äußerte ich eine naheliegende Vermutung. Pipi ging nicht darauf ein, machte ein ernstes Gesicht, beriet zwischendurch einen begriffsstutzigen Australier und wollte dann unbedingt wissen, weshalb sie nicht auf die Dschunke kommen sollte. Sie nahm die Geschichte von meiner Gefangennahme ein bißchen skeptisch auf, aber schließlich gelang es mir, sie zu überzeugen, indem ich ihr meine Handgelenke hinhielt, die immer noch blau unterlaufen waren. Da schluckte sie und meinte:

»Wenn die so was mit mir anstellten, würde ich zur Polizei gehen!«

Ich telefonierte aus einer Zelle, deren Leitung nicht über das Hotel geschaltet war. Zuerst rührte sich gar nichts, aber nach dem sechsten Signal meldete sich endlich ein Mann in chinesisch gefärbtem Englisch. Signor Ercoli? Der sei nicht zu sprechen. Ob ich eine Verabredung mit ihm hätte?

Ich war nicht mehr bereit, Höflichkeiten auszutauschen. Diesen Signor Ercoli mußte man vermutlich mit einem japanischen Langschwert angehen, damit er zugänglicher wurde. Also schnarrte ich ins Telefon:

»Wer immer Sie sind, Mister, ich möchte keine Absagen. Hier ist ein Mann, der darüber entscheidet, ob Signor Ercoli in den nächsten Tagen in eine Einzelzelle einzieht oder nicht. Also wecken Sie ihn gefälligst aus seinem Mittagsschlaf und prügeln Sie ihn ans Telefon, sonst bin ich in einer halben Stunde mit der Polizei bei Ihnen, und er geht in Handschellen ab, klar?«

Der Schock machte den Mann gefügig. Er bat mich zu warten. Es würde nicht lange dauern. Ohne auf das Schild *No Smoking* zu achten, brannte ich mir eine Zigarette an; ich wunderte mich, weshalb es trotz des Schildes einen Aschenbecher in der Kabine gab.

Dann war da plötzlich die Stimme mit dem Akzent, die ich damals gehört hatte, als ich mit dem Hobo Ricos Telefon anzapfte. »Ich höre, Sie haben ein Anliegen?«

Dieser Pinsel mußte begreifen, daß er noch die Wände hochkriechen würde, bis ich ihn griff. Und dabei würde jede Höflichkeit unterbleiben. Deshalb fing ich gleich damit an, ihn wie jemand zu behandeln, der Bohnenquark gestohlen hat.

»Damit wir uns recht verstehen: Nicht ich habe ein Anliegen, sondern Sie, Signor Ercoli. Und zwar wollen Sie überleben. Haben Sie das begriffen?«

»Wer sind Sie?« wollte der Mann wissen. Genau wie ich es erwartet hatte. Mit dem Blick auf die Hotelhalle, in der die Leute durcheinanderquirlten, sagte ich ihm meinen vollen Namen.

»Ja. Sie haben richtig gehört. Ich bin der Mann, der Aranquez ausfindig machte. Muß Ihnen mächtig Angst eingeflößt haben, sonst hätten Sie ihn nicht angestiftet, außer Kong Wei auch noch mich zu töten. Das haben vor Ihnen schon andere versucht und auch nicht geschafft, Mister Ercoli. Aus Ärger haben Sie dann Aranquez selbst töten lassen. Nur damit er nicht redet! War unnötig, er hatte bereits alles gesagt. Als er noch dachte, er könnte mir in der nächsten Minute das Licht ausblasen.«

Ich konnte ihn atmen hören. Ein unruhiger Atem. Vielleicht war er etwas zu fett und hatte Asthma – was weiß ich, ich hatte ihn nie gesehen. Zwischen zwei Atemzügen stellte er die naive Frage: »Was wollen Sie?«

»Das erfahren Sie gleich. Ich komme gerade aus Saigon. Da erinnern sich ein paar Leute an Sie. Zum Beispiel in einer Gießerei. Keine Illusionen, Signor, die Behörden dort unten kennen inzwischen Ihren Namen und den Umfang des Geschäfts, das Sie da eingefädelt hatten. Sie können von Glück reden, daß man in Hongkong mit diesen Leuten nichts zu tun haben will. Keine Zusammenarbeit. Obwohl die letzten von Ihnen arrangierten Goldtransporte in ihrer originellen religiösen Art noch gar nicht so lange her sind. Hörte ich Sie eben aufjaulen, Signor? Warten Sie, es kommt noch schmerzhafter!«

Er unterbrach mich nervös: »Sagen Sie mir, was Sie eigentlich wollen! Ich verstehe kein Wort von dem, was Sie da erzählen!«

Es war herauszuhören, daß ich ihn unsicher gemacht hatte. Er hätte einfach auflegen können, aber er tat es nicht; er war zu einem Handel bereit, ohne das bis jetzt direkt gesagt zu haben.

»Sie verstehen sehr gut! Was ich von Ihnen will? Ein Geschäft. Interessiert es Sie, zu hören, daß ich den mit schwarzer Plasthaut überzogenen Buddha habe, wegen dem der Händler Kong Wei und Ihr Aranquez starben?«

»Sie haben...«

Ich hatte ihn am Haken. »Ja, ich habe ihn. Ich könnte mir von dem Ding einen guten Tag machen, Signor. Aber das genügt mir nicht. Ich weiß, daß Sie mehr als diese eine Figur aus Saigon herausgeholt haben. Viel mehr. Und zwei Tote plus ein Mordversuch an mir sind mehr wert als eine solche Figur, meinen Sie nicht auch? Falls Sie nein sagen, könnte ich Ihnen einen sehr aufschlußreichen Vortrag über die Lebensbedingungen in Hongkongs Gefängnissen halten. Das würde Sie überzeugen. Also – wieviel bieten Sie mir dafür, daß ich die ganze Story vergesse?«

Er legte noch immer nicht auf. Im Gegenteil, nach ein paar Sekunden fragte er: »Können Sie zu mir kommen?«

»Nein.«

»Können wir uns treffen?«

»Darüber läßt sich reden. Ich habe schon eine Menge Leute getroffen. Meist zwischen die Augen.«

Da gab er auf. Er sagte zahm: »Ich meine, wir sollten das in Ruhe besprechen. Es könnte ein Arrangement gefunden werden...«

Seine Stimme klang überhaupt nicht mehr sicher, aber

ich spürte sehr wohl die kalte Wut dahinter. Und ich hatte mir gut überlegt, wie ich ihn kriegen wollte. Deshalb antwortete ich jetzt:

»Es wird ein Arrangement geben müssen, Signor. Kein Ausweg. Ich verrate Ihnen die Bedingungen. Wir treffen uns. Wann und wo, das teile ich Ihnen später mit. Zu diesem Treffen bringen Sie in US-Dollars zweimal die Summe mit, die eine solche Figur wert ist, wie ich sie schon habe. Danach können Sie gehen, wohin Sie wollen. Ich kenne Sie nicht mehr. Weiß von nichts. Übrigens: das Geld können Sie in Macao bekommen, jeder aus Ihrer Branche sagt Ihnen, wo. Haben wir uns verstanden?«

»Ja, ich...«, kam es zögernd zurück.

Ich unterbrach ihn: »Haben wir uns verstanden?«

»Ja!«

»Ein Rat noch, Signor. Versuchen Sie nicht, auszureißen. Ich habe Sie unter Kontrolle, besser als Sie ahnen. Wählen Sie den etwas teureren, aber dafür sicheren Weg. Sie hören von mir!«

Ich legte auf. Ich schwitzte, und das lag nicht nur an der stickigen Luft in der Zelle. Ein wenig pokerte ich, aber ich war immer ganz gut im Pokern gewesen. Manchmal zum Ärger meiner Mutter, die nichts von Glücksspielen hielt. Nun galt es, die Nerven zu behalten. Und wachsam zu sein wie der Hund des Wurstverkäufers. Die Sache würde sich bald zuspitzen, denn ich glaubte nicht, daß Ercoli sich so schnell geschlagen geben würde.

Zunächst nahm ich die gewichtige, in schäbiges Papier verpackte Figur auf und ging zu Pipi zurück, die sich inzwischen ein wenig beruhigt zu haben schien. Das Hotel besaß einen Tresorraum, in dem Gäste ihre Wertsachen deponieren konnten. Pipi trug mich in das Register ein, rief einen der Hoteldiener herbei, und der führte mich treppab in den Vorraum des Tresors. Er ließ mich wie unabsichtlich sehen, daß er mit einer Automatik bewaffnet war, die er unter der linken Achsel trug. Der Mann brachte mir einen Behälter, in den ich die Figur legte, verschwand damit, und als er zurückkam, übergab er mir feierlich den Schließfachschlüssel. Es war kein so primitives Schloß wie das im Star House, das erkannte ich an der Machart: eines dieser neuen Modelle, die auf der Basis von Magnetfeldern unterschiedlicher Stärke basieren. Oben angekommen, übergab ich ihn Pipi.

»Steck ihn weg. Kennst du Bobby Hsiang?«

Sie nickte. »Das ist dieser Polizist, mit dem du...?«

»Ja, mit dem ich! Er wird sich bei dir melden, wenn etwas mit mir schiefgeht. Dann gibst du ihm den Schlüssel.«

»Können wir wieder auf die Dschunke?«

»Leider noch lebensgefährlich«, warnte ich sie.

Sie schmollte, aber sie gab sich zufrieden. Murmelte nur: »Mir wäre lieber, du wärest Bankangestellter!«

Ich lachte. »Warum nicht Bankpräsident?«

Von jetzt ab mußte ich stündlich damit rechnen, daß Ercoli mir einen seiner Killer auf den Hals schickte. Also hatte ich auf der Hut zu sein. Außerdem: der Fall hatte eine Dimension angenommen, die mich zwang, zumindest Nachricht an die Polizei zu geben. Das war wie eine Art Versicherung, die sich auszahlen würde, sobald ich gezwungen war, mich eines bewaffneten Überfalls zu erwehren. Bei dem es leicht einen Toten geben konnte. In Hongkong waren die Behörden pingelig, wenn Schußwaffen ins Spiel kamen, selbst wenn der Träger eine Lizenz besaß. Deshalb beschloß ich, vorläufig nicht auf die Dschunke zu gehen, sondern zurück nach Wanchai, ins *Hibiskus*.

Dort angekommen, rief ich Bobby Hsiang an. Als er sich, mürrisch wie immer, meldete, sagte ich ihm, daß er am Abend bei mir im *Hibiskus* sein sollte. Ich würde ihm nicht nur alles, was mit dem Mord an Kong Wei zusammenhing, auf einem silbernen Tablett servieren, sondern dazu noch eine der grandiosesten Schmuggelaffären der letzten Jahre.

Er war mißtrauisch. »Du hast dich verkrochen?«

»Habe ich, ja.«

»Sind sie hinter dir her?«

»Mit Sicherheit.«

»Dann paß auf dich auf! Ich melde mich unten an der Theke.«

Ich riet ihm, eines dieser kleinen Aufzeichnungsgeräte mitzubringen, weil ich wußte, daß er es nicht besonders schätzte, viel schreiben zu müssen. Was ich ihm mitzuteilen hatte, konnte eine Sekretärin vom Tonband abschreiben. Er knurrte etwas von technischem Aufwand, aber das war der übliche Protest. Soviel wert wie ein Schild bei einer Demonstration *Nieder mit den hohen Mieten!*

Ich beließ es nicht dabei, an der Theke Bescheid zu sagen; ich kaufte den beiden Jungens, die im Lokal Mahjong spielten und dabei den Aufgang zur Wohnung im Auge behielten, ein Bier. Sie würden niemanden auf die Treppe lassen, da war ich sicher. Aber ich kontrollierte trotzdem noch einmal meinen Revolver, bevor ich mich mit einem Packen Zeitschriften in mein Zimmer zurückzog.

Jeder, der Hongkong kennt, weiß, daß man sich hier verstecken kann, wenn man will. Die Zahl der Winkel, der Gassen in den unübersichtlichen chinesischen Wohngegenden reicht aus, um mindestens ein Jahr lang täglich das Quartier zu wechseln. Wenn man genug Geld bei sich hat, um sich unauffällig zu ernähren, kann man das beliebig lange fortsetzen. Niemand weiß, wie viele chinesische Flüchtlinge bei uns so leben. Manche bringen Geld mit, andere erhalten es hier von Verwandten. So treiben sie sich herum, bis es ihnen gelingt, entweder legale Papiere zu erwischen oder geschickt gefälschte. Die Polizei ist zwar emsig nach illegalen Einwanderern unterwegs, aber sie überanstrengt sich nicht. Höchstens an der Grenze zu China, da tritt sie demonstrativ auf, doch das tut sie mit einem Auge auf den großen Nachbarn, damit der nicht behaupten kann, Hongkongs Administration fördere die Abwanderung aus China. Sonst verhält sich die Abteilung der Polizei, die sich mit illegalen Einwanderern beschäftigt, ziemlich nachlässig. Wenn sie sich nicht gerade mit Vietnamesen befaßt!

Aber ich wollte nicht auf die chinesischen Einwanderer hinaus, die hier in düsteren Quartieren um ihre Auswanderungspapiere bangen, sondern auf die allgemeinen Möglichkeiten, in Hongkong unterzutauchen. Bobby Hsiang glaubte, ich wolle untertauchen, nachdem ich ihm die Story um Signor Ercoli in seinen Recorder diktiert hatte, und er machte mir Vorwürfe, daß ich mir nichts anderes einfallen ließ, als ausgerechnet bei meiner Mutter unterzukriechen. Die würde dadurch nur unnötig gefährdet werden.

Aber er irrte sich. Ich sagte ihm, es sei genau meine Absicht, meinen Gegenspieler wissen zu lassen, wo ich

Quartier genommen hätte. Es sollte nur nach außen so aussehen, als verstecke ich mich. In Wirklichkeit kam es mir darauf an, ihn geradezu anzulocken.

»Dann bist du lebensmüde«, philosophierte Bobby. »Sie legen dich um, und du siehst sie nicht einmal!«

Wir saßen auf dem Balkon. Der hatte den Vorteil, daß er ziemlich hoch über der Straße lag und von unten nicht gut einzusehen war. Die Wäsche, die hier ewig hing und die Blicke abhielt, tat ein übriges. Ein gezielter Schuß hier herauf wäre kaum anzubringen gewesen. Das sah Bobby ein, aber meine Absicht mochte er deswegen noch lange nicht. Obwohl ihm – nachdem er nun die Geschichte kannte – klar war, daß es keine Beweise gegen Ercoli geben würde, wenn wir ihn nicht aus der Reserve lockten und zu einer Unbesonnenheit verleiteten.

»Du weißt, daß das ins Auge gehen kann«, machte er mich aufmerksam. »Abgesehen davon, daß es gegen unsere Vorschriften ist. Gegen meine jedenfalls.«

Er teilte mir nichts Überraschendes mit. Alles konnte ins Auge gehen, wenn man nicht die Übersicht behielt. Und so vieles war nicht in den Vorschriften vorgesehen. Doch selbst wenn Bobby sich zurückhielt, hatte ich immerhin ab jetzt den Vorteil, daß ich nicht mehr allein als Privatdetektiv an dieser Sache herumknobelte: Die Polizei war engagiert, sie mußte, da ich Bobby berichtet hatte, tätig werden, egal, wie. Wenigstens würde sie mir keine Schwierigkeiten machen.

»Trinkst du noch ein Bier?« erkundigte ich mich.

Bobby nahm eine Büchse. Dann, nach dem ersten Schluck, fragte er mich nachdenklich: »Was machst du, wenn sie dir auflauern und dich umlegen?«

»Wenn es ihnen gelingt, nichts mehr«, gab ich zurück.

»Aber ich werde mein Bestes tun, daß es ihnen nicht gelingt.«

Es klang überzeugt. Aber ich hatte schon meine Sorgen, und Bobby wußte das. Deshalb sprachen wir nicht mehr weiter darüber. Wir tranken unser Bier, später gingen wir nach unten und aßen ausgiebig. Dann verabschiedete sich Bobby Hsiang und legte mir ein letztes Mal ans Herz, ihn sofort zu benachrichtigen, wenn sich etwas ereignete, das mit dem Fall zusammenhing. Der Blick, den er mir zuwarf, als er ging, hatte etwas Bedauerndes. Es war unschwer zu erkennen, daß Bobby sich Sorgen um mich machte.

Ich sah mich im Lokal um. Der übliche Betrieb. Die Mädchen waren inzwischen ausgeschwärmt, jene Wanchai-Göttinnen mit den jungenhaften Körpern, den hochgeschlitzten Röcken oder Hotpants, Minis, Slips und Bikinis. Sie tummelten sich zwischen den Besuchern, tanzten für Geld mit ihnen, ließen sich zu einer Cola einladen oder zogen schnell für eine halbe Stunde mit jemandem ab, in ein Zimmer. Meist kamen sie danach wieder zurück und blieben. Warteten, was der Abend sonst noch brachte.

Ich entdeckte niemanden, der mir verdächtig vorkam. Aber mein Instinkt sagte mir, daß Ercoli längst über mich informiert war, auch über meinen Aufenthaltsort. Schließlich zog ich mich zurück. Mutter hatte zu tun, also duschte ich ausgiebig und sehr warm, so daß ich danach im Zimmerklima das Empfinden von Kühle hatte, lange genug, um ohne Schwierigkeiten einzuschlafen.

Es war noch nicht Mitternacht, als ich aufwachte. Das Gefühl, in Gefahr zu sein, hatte mich wach werden lassen. Seit Jahren konnte ich mich darauf verlassen, daß ich selbst aus tiefstem Erschöpfungsschlaf erwachte, wenn etwa jemand vorsichtig meine Dschunke zu entern versuchte. Und jetzt, als ich mit offenen Augen dalag und lauschte, hörte ich auf dem Flur ein Geräusch. Mutter konnte es noch nicht sein, denn das Lokal war noch geöffnet, und sie kam nie herauf, ehe der letzte Gast gegangen war. Also ein Fremder?

Ich hatte mich nicht ausschließlich auf die beiden Jungen unten an der Treppe verlassen. Dafür waren mir Signor Ercoli und seine Killer denn doch zu gefährlich. Seit einiger Zeit hatte ich eine Anzahl sinnvoll ausgedachter technischer Produkte aus Japan auf ihre Funktion hin erprobt, und darunter war auch eine elektronische Alarmvorrichtung gewesen, die ihre Energie aus einer Taschenlampenbatterie bezog. An einer Zimmertür angebracht, erzeugte sie, sofern die Tür unbefugt geöffnet wurde, einen derart schrillen Hupton, daß selbst hartgesottene Einbrecher für Sekunden ratlos waren und dann meist das Weite suchten.

Diesen kleinen Apparat hatte ich über der Tür angebracht. Bevor ich mich schlafen legte, hatte ich ihn aktiviert, und nun wartete ich nicht erst darauf, daß der Warnton kam, sondern stieg leise von meiner Schlafstätte, stellte mich unmittelbar neben die noch geschlossene Tür und griff nach meinem alten Baseballschläger, den ich dorthin gestellt hatte.

Endlich wieder ein Geräusch. Diesmal im Schloß. Jemand kratzte mit einem Nachschlüssel darin herum. Laß ihn machen, sagte ich mir, laß ihn sicher sein, daß niemand ihn hört. Mal sehen, wie er reagiert, wenn die Hupe losgeht.

Ich hörte, daß der Riegel zurückschnappte. Der ungebetene Besucher hatte es geschafft. Gleich darauf drehte sich der Türknopf. Im Zimmer war es zwar dunkel, aber von draußen fiel noch genügend Neonlichtschein herein, um sich nach einer Weile orientieren zu können.

Ich merkte, wie der Spalt sich um Millimeter verbreiterte. Der Mann mußte Spezialist seines Fachs sein, er arbeitete absolut risikolos und ohne Fehler. Dachte er jedenfalls. Denn meine japanische Alarmhupe hatte er nicht einkalkuliert. Gerade war durch den Spalt in der Tür das Flurlicht zu sehen, da heulte das Signal auf, schrill und mißtönend. Es erwies sich, daß ich den Mann vor der Tür beinahe doch unterschätzt hatte: er fuhr nämlich nicht zurück, um das Weite zu suchen, sondern sprang, die Tür aufstoßend, mit einem Riesensatz ins Zimmer. Wobei er allerdings nicht mit meiner Heimtücke gerechnet hatte. Ich hatte nämlich für alle Fälle genau in seinen Weg einen Hocker gestellt, ein Hindernis für die Flucht nach vorn. Und das brachte den Eindringling jetzt kopfüber zu Fall. Mit dem Baseballschläger hieb ich ihm seitlich gegen den Kopf, gerade so heftig, daß der Schädel heil blieb, aber immerhin stark genug, um ihn sofort ins Reich der Träume zu schicken. Dann machte ich Licht.

Ich erkannte den Mann sogleich wieder. Es war einer der beiden, die mich auf der Dschunke überfallen hatten. Zuerst glaubte ich, er habe sich mit dem Stilett, das er bei sich trug, selbst verletzt, es war nämlich blutig. Aber ich fand an seinem Körper keine Wunde, als ich ihn auf den Balkon schleppte und dort mit zwei Handschellen, wie man sie am günstigsten in Kuriositätenläden kauft, am Eisengeländer festmachte.

In diesem Augenblick gab es im Flur, am Fuße der

Treppe, einen hysterischen Schrei. Ich konnte gerade noch die lärmende Elektronikhupe abstellen, dann war einer der beiden jungen Burschen da, die den Aufgang im Auge behalten sollten. Er war in der Toilette gewesen. Diese Chance hatte der Eindringling genutzt, um den zweiten Jungen mit dem Stilett zu töten und mich zu überfallen. Jetzt schrien da unten sämtliche Kellnerinnen gleichzeitig. Ich ging hinunter. Es war kein schöner Anblick, der sich mir bot. Das Blut rann immer noch aus der Wunde in der Brust des Burschen, aber er war längst tot.

Meiner Mutter gelang es einigermaßen, die Ruhe wiederherzustellen. Sie war eine praktisch veranlagte Frau, und sie rief die Polizei an, noch bevor das letzte Mädchen aufgehört hatte zu kreischen. Es dauerte nicht lange, bis die Streife eintraf, Ärger in Wanchai war Routine. Die Männer beschäftigten sich mit der Leiche, während ich Bobby Hsiang anrief. Wenig später traf er ein, obwohl ich ihn aus dem Bett geklingelt hatte. Er veranlaßte, daß der Tote weggebracht wurde, dann entließ er die Revierpolizisten, denn dies sei ein Fall, sagte er, den er allein weiterzuführen habe.

Mich knurrte er an: »Wenn wir nicht bald mit dieser Sache fertig werden, kommen wir beide nicht mehr zum Schlafen! Also...«

Er winkte mich auf den Balkon hinaus. Ich hatte Bobby Hsiang müde und lustlos erlebt, angeödet von idiotischen Aufträgen und verärgert über Mißerfolge – jetzt erlebte ich ihn wütend. Das war eine seltene Erscheinung bei ihm, und ich konnte mir ausrechnen, was nun kam.

»Name!« Er trat dem an das Geländer geketteten Burschen gegen das Schienbein, daß der aufjaulte. Er war wieder bei Bewußtsein. Seine Augen blickten ängstlich. Bobby Hsiang war in Zivil. Und er benahm sich jetzt nicht wie ein Polizist, sondern wie jeder beliebige Ganove. Das war Absicht, und es wirkte. Der junge Chinese setzte denn auch nicht die leicht überhebliche Miene auf, die seinesgleichen Polizisten gegenüber zu tragen pflegen, sondern er wurde sehr zahm.

»Lu Ping.«

Wieder ein Schienbeintritt. »Ausweis?«

Der Bursche schüttelte den Kopf. Bobby musterte ihn kurz, dann sagte er barsch: »Mutterland, wie? Schwarz durch den Zaun?«

Der Bursche schwieg. Bobby Hsiang ließ ein paar Sekunden verstreichen, dann fauchte er: »Der Mann da unten ist tot. Das ist Mord. Wir liefern dich der Polizei aus. Wenn du vorher redest, sagen wir der Polizei nur, du bist illegal hier und verdächtig. Wie du aus der Sache rauskommst, ist deine Sorge. Savvy? Willst du reden?«

Der Chinese schüttelte den Kopf. Bobby Hsiang mußte das erwartet haben, er hatte die *Bastos* schon zwischen den Lippen. Beiläufig murmelte er: »Gut. Vorschlag zurückgenommen. Wir machen es anders.«

Er trat ein drittes Mal gegen das Schienbein des Mannes. An derselben Stelle. Dem Chinesen schoß Wasser in die Augen. Bobby konnte, ohne wirklich brutal zu sein, jemandem viel Angst einjagen. Jetzt nahm er ein Streichholz, brannte damit zuerst seine Zigarette an, dann ließ er es, noch brennend, in den Haarschopf des jungen Mannes fallen. Achtlos. Gut gespielt. Der junge Mann schrie. Bobby blickte gleichgültig weg. Sagte in die Abendluft: »Auftraggeber?«

Als keine Antwort kam, drehte er sich um, ging ins

Zimmer und kam mit einer Flasche hochprozentigem chinesischem Schnaps zurück. Sechzig Prozent. Er entkorkte sie, roch daran, dann goß er sie langsam über Lu Ping aus. Haar, Gesicht, Hals, Brust. Er brannte ein neues Streichholz an, hielt es kurz über den Burschen und ließ es fallen. Dabei knurrte er: »Killer flambiert. Mal sehen, wie lange er braucht, bis er gar ist!«

Das genügte. Lu Ping quiekte, sich verzweifelt schüttelnd, er werde alles sagen, nur löschen sollte Bobby. Der griff gemächlich nach einem Unterhemd, das auf der Leine hing, und schlug damit die Flammen aus. Es roch nach verbranntem Haar. Der Chinese wimmerte leise. Er hatte keine schweren Brandverletzungen, aber angesengt war seine Haut schon.

»Ob ich ihm Wasser ins Gesicht gieße?« erkundigte ich mich betont lässig bei Bobby.

Der legte sein eingeübtes Gaunergrinsen auf und riet mir, damit zu warten, bis der Mann Lügen erzählte. Wasser würde ihn dann wieder zur Wahrheit führen. Ich hatte des öfteren erlebt, wie Bobby den Brutalo spielte, um Ergebnisse zu erreichen, die er im Rahmen der Dienstvorschriften vermutlich erst zwei Wochen später oder gar nicht erreicht hätte. Heute war er eine Klasse für sich. Er sog an seiner *Bastos* und sah Lu Ping kalt an. Der redete.

Zehn Minuten später wußten wir, daß er und ein weiterer Flüchtling bei Signor Ercoli angestellt waren. Für Dienstleistungen verschiedener Art, wie er es nannte. Außerdem gab es noch einen Fahrer, der aus Hongkong stammte und den Bentley fuhr und pflegte, ansonsten keine weiteren Pflichten. Vermutlich auch keine Ahnung. Das Hauspersonal bestand aus einem Hongkonger Ehepaar. Auch nicht ins Geschäft verwickelt. Und dann gab es den Wächter am Tor. Lu Ping beteuerte, er sei von einer Wachgesellschaft angemietet.

Ich ließ Bobby eine Weile allein mit dem Eindringling und ging ans Telefon. Ich hatte mich für Schocktherapie bei Ercoli entschieden, also war ein Anruf fällig.

Er meldete sich sofort. Glaubte wohl, sein Killer würde ihm von Auftragserfüllung berichten. Ich ging sparsam mit Worten um.

Sagte nur gelassen: »Ihr Mann ist ausgeschaltet, Signor. Und jetzt beträgt der Preis dreimal den Wert der Figur.« Dann legte ich auf. Mochte er darüber brüten, was schiefgegangen war.

Bobby Hsiang erwartete mich in meinem Zimmer. Er balancierte den Baseballschläger in der Hand und sah mich besorgt an. »Du hast diesen Ercoli zum letzten Einsatz provoziert, wie?«

Ich nickte. Bobby wies mit dem Kopf zum Balkon. »Den da nehme ich mit. Aber Ercoli wird sich etwas Neues ausdenken...«

»Vielleicht versucht er abzuhauen.« In der Tat bestand die Möglichkeit.

Bobby sagte: »Wenn er es über Kai Tak versucht, haben wir ihn. Seine Personalien sind in zehn Minuten dort im Computer.«

»Vielleicht hat er ja einen zweiten Paß?«

Er bewegte die Schultern. Grinste. Griff in die Tasche und zeigte mir ein Foto. Aus einem Paß kopiert. Ich sah zum ersten Mal das Gesicht des Italieners. Länglich, ein wenig an einen seitlich gequetschten Vollmond erinnernd. Mit einem sparsamen Kinnbart.

»Das Bild kommt auch in den Computer.«

»Ich habe immer gewußt, daß die Hongkonger Polizei

fast so gut ist wie ihr Ruf«, sagte ich. Bobby nahm es stirnrunzelnd auf. Höflichkeiten glaubte er mir nie.

»Gehst du auf die Dschunke zurück?« wollte er wissen.

Ich sagte ihm, ich würde morgen zurückgehen. Wenn ich meine Mutter wegen des Vorfalles in ihrem Lokal einigermaßen wieder versöhnt hätte. Noch war sie damit beschäftigt, Gäste und Personal zur Ruhe zu bringen. Und zum Weitertrinken.

»Ich werde einen Mann an der Anlegestelle postieren«, versprach Bobby. »Und – wir werden nicht warten, bis der Signor den nächsten Killer schickt. Ich spreche mit dem Kronanwalt wegen eines Haftbefehls. Ich glaube, das Material reicht. Wie kommen wir an diesen Vietnamesen heran?«

»Vorführungsanordnung von euch. Damit können wir ihn jederzeit von der Insel holen.«

Er grunzte Zustimmung. Wandte sich um und ging auf den Balkon, wo er Lu Ping die Fußfessel abnahm. Dann stellte er ihn auf die Beine, löste die Handfessel vom Geländer, klappte sie wieder zu und dirigierte den Chinesen, der vor Angst schwitzte, treppab. Zuvor hatte er das Stilett in einen Plastbeutel gesteckt und in seiner Tasche verstaut.

»Sie... sind von der Polizei!« brabbelte Lu Ping plötzlich. Das Licht ging ihm spät auf. Bobby schubste ihn zur Treppe. Ich hörte, daß unten das Stimmengewirr erstarb. Nach einer Minute setzte es wieder ein.

Und dann hatte ich längere Zeit damit zu tun, meine aufgeregte Mutter zu beruhigen. Sie machte mir abwechselnd Vorwürfe und beschwor ihre Angst um mich. Als sie endlich ging, hatte ich sie einigermaßen überzeugt, daß ich noch eine Weile leben würde.

An der Fischküche in Aberdeen, unweit des Bootssteges, lungerte ein kräftiger, ganz in Jeansblau gekleideter Mann herum, dem man auf hundert Meter den Polizisten ansah. Ich ging demonstrativ nahe an ihm vorbei, aber er war, wie es schien, gut ausgebildet, denn er nahm mich überhaupt nicht zur Kenntnis.

Ich winkte einem Walla Walla, und er brachte mich bis zu meinem Zuhause. An Bord zog ich meinen Revolver aus dem Hosenbund, spannte den Hahn, und dann suchte ich das ganze Schiff nach ungebetenen Besuchern oder deren Spuren ab. Nichts. Trotzdem war ich nicht so naiv, zu glauben, daß Signor Ercoli sich jetzt schon geschlagen gab. Also ging ich daran, auf meiner Dschunke einige ähnliche Spielereien einzubauen, wie ich sie benutzt hatte, um meine Zimmertür im *Hibiskus* zu sichern.

Außer mehreren Hupen, die als Auslöser haarfeine Drähte in Fußhöhe auf dem Deck hatten, brachte ich noch ein halbes Dutzend Leuchtraketen an, die genau dann funkenstiebend in den Himmel zischen würden, wenn jemand die Kabine betrat. Lärm dieser Art, das wußte ich, vertrieb Besucher sehr schnell.

Ich hatte lange überlegt, wie ich weiter vorgehen sollte. Nun war ich entschlossen, das Anwesen Ercolis bei Tage möglichst genau zu erkunden. Vielleicht konnte ich ihn dann am Abend überraschen, wenn er sich sicher wähnte. Also überprüfte ich nochmals alle Sicherungen, steckte ein paar Utensilien ein, die sich beim Einsteigen in fremde Häuser schon bewährt hatten, und dann ruderte ich im Plastboot zur Anlegestelle. Der Bewacher aß gerade eine Portion Chips mit Ketchup. Frühes Mittagessen.

Wieder ließ ich meinen Toyota am *Hilton* stehen. Aber

diesmal nahm ich nicht die Tram bergaufwärts, sondern ging zu Fuß. Ein Spaziergang, der mich nicht ermüden würde, denn ich war gut in Form, und Spaziergänge dieser Art waren für mich ohnehin ein Geschenk, das ich mir nicht allzu oft leisten konnte.

Als ich an der Einfahrt zu der Villa Ercolis anlangte, sah ich, daß der Bentley nicht vor dem Haus stand. Also war der Signor wahrscheinlich unterwegs. Ich trat wieder hinter die Büsche, in denen ich mich schon bei meinem ersten Hiersein verborgen hatte, und dann beobachtete ich längere Zeit das steinerne Häuschen, in dem ich den bewaffneten Wächter wußte.

Geduld ist eine der wichtigsten Tugenden eines Ermittlers. Also faßte ich mich in Ruhe und wartete, bis nach mehr als einer Stunde der Wächter herauskam, um nicht weit von seiner Behausung sein Wasser abzuschlagen. Darauf machte er einen kleinen Rundgang, und schließlich prüfte er noch das Schloß des Eisentores, ehe er sich wieder in seinen Bau zurückzog. Das war ein Mann, der offenbar an diesen Platz gebunden war. Wer aber befand sich möglicherweise im Haus – außer dem Ehepaar, das den Haushalt versah?

Ich arbeitete mich vorsichtig aus den Büschen heraus und ging so weit abwärts, bis ich den Zaun sehen konnte, der das Grundstück umgab. Mit Flacheisen gerahmte Starkdrahtfelder, die an Betonsäulen festgemacht waren. Auch das Nachbargrundstück besaß einen ausgedehnten Park, aber ich konnte niemand darin entdecken. Also wagte ich einen Sprung über den nur halbhohen Zierzaun an der Straße, der aus Rundeisenstaketen bestand, und schlug mich weiter ins gepflegte Durcheinander von blühenden Büschen und Nadelgehölzen.

Je weiter ich an Ercolis Einfriedung herankam, desto sicherer war ich, daß der Nachbar nicht anwesend war und auch keine Hunde frei herumlaufen ließ, sie hätten mich längst gewittert. So arbeitete ich mich langsam vorwärts. Es ging leicht bergan, und es wurde Mittag, bis ich durch die dichten Büsche das Haus Ercolis erneut im Blick hatte. Da, wo der Bentley gestanden hatte, war jetzt ein älterer Chinese dabei, mit einem Flachbesen die Auffahrt zu fegen. Er ließ sich Zeit. Bis dann im Eingang eine Frau, eine kleine, unscheinbare Person, erschien und ihm etwas zurief. Er ließ den Besen stehen und ging hinein.

Ich arbeitete mich auf dem Nachbargrundstück weiter vorwärts, bis ich Ercolis Villa durch einige hohe Bäume wieder sehen konnte, diesmal die Hinterfront. Große Fenster im Erdgeschoß, eine imposante Glasfläche im oberen Stock, und darüber eine Anzahl kleinerer Fenster. Alle geschlossen. Mit Vorhängen versehen. Nur in Bodennähe, wo ich die Kellerräume vermutete, waren einige offene Fenster, gerade groß genug, um einem ausgewachsenen Mann den Einstieg zu ermöglichen.

Ich wartete geduldig bis zur Dämmerung. Es ereignete sich nichts, wenn man davon absah, daß im Erdgeschoß einige Lichter aufflammten. Später verließ das chinesische Ehepaar das Haus. Und nun entschloß ich mich, es zu wagen: vielleicht konnte ich in den Wohnraum von Signor Ercoli gelangen und ihn bei seiner Ankunft mit der Mündung meines Revolvers überraschen. Man glaubt nicht, wie ausgiebig Leute plaudern können, wenn man sie derart angeht! Nach einiger Zeit würde ich dann Bobby Hsiang zu einem offiziellen Besuch herbeitelefonieren.

An dem Starkdrahtfeld, das ich wählte, kletterte es sich überraschend gut. Oben verhielt ich einen Augenblick, dann ließ ich mich fallen. Ich landete auf weichem, von gefallenen Blättern bedecktem Boden. Nichts rührte sich. Nicht einmal die Vögel, die sich bereits zum Schlaf niedergelassen hatten, flogen auf. Signor Ercoli lebte in himmlischer Ruhe!

Tief geduckt laufend, überwand ich das Gelände bis zur Hinterfront des Hauses. Da war auch schon das Fenster, das ich mir für den Einstieg ausgesucht hatte. Ich hielt mich am Rahmen fest, schwang die Beine hindurch, landete auf Betonboden – und erkannte im selben Augenblick, daß ich mich wieder einmal geirrt hatte. Ich hatte meine Gegenspieler erneut unterschätzt, denn kaum stand ich auf dem Betonfußboden, da ging plötzlich helles Licht an, und vor mir stand der zweite junge Mann, den ich bei dem Überfall auf meiner Dschunke gerade noch erkannt hatte.

Er hielt eine Automatik von beeindruckendem Kaliber in der Hand. Die Mündung zeigte genau auf meinen Bauch. Aus. Wie im *Star House* war ich in eine Falle gelaufen! Ich hatte übersehen, daß es automatische Kameras gab, die mich schon erfaßt haben mußten, als dieser Wächter noch in einem anderen Raum vor dem Bildschirm saß. Zweimal derselbe Fehler, das war für einen Mann wie mich zuviel.

»Umdrehen!« kommandierte der Bursche. Ein Chinese, der nicht den Eindruck eines guten Menschen machte. Flüchtling aus dem Mutterland, wie der andere auch. Was immer er zu Hause gemacht hatte – seiner Aufgabe als Wächter war er gewachsen! Er ließ mich die Hände heben, setzte mir die unangenehm kalte Mündung seiner Automatik ins Genick und zog meinen Revolver aus dem Hosenbund. Sachkundig tastete er mich ab, nahm auch meine Papiere und meinen Tascheninhalt an sich, dann trat er beiseite und kommandierte wieder: »Umdrehen!«

Es gab keine Chance, ihn anzugreifen. Er ließ mich aus dem leeren Kellerraum in einen schmalen Flur gehen, öffnete eine blechbeschlagene Tür mit einem außen angebrachten Kastenschloß, schob mich unsanft in den dahinterliegenden Raum, und dann fiel die Tür hinter mir ins Schloß. Der Schlüssel drehte sich, und ich erkannte im Licht einer trüben Glühlampe an der Decke, daß ich nicht allein in dem Keller war: vor mir auf dem Boden saß Nguyen Duc Thanh, der Vietnamese aus dem Lager auf Hei Ling Chau!

Es klang wie ein schlechter Scherz, als er höflich *Guten Tag* sagte. Ich starrte ihn an. Immer noch saß mir der Schreck in den Gliedern, aber schließlich brachte ich es fertig, ihn zu fragen: »Wie kommen Sie hierher?«

Er bewegte leicht die Schultern. »Eigentlich habe ich gedacht, es wäre alles in Ordnung. Ein junger Mann erschien mit einer Anweisung, angeblich von der Einwanderungsbehörde, um mich ins amerikanische Konsulat zu bringen. Ich landete hier.«

»Haben Sie mit Signor Ercoli bereits gesprochen?«

Er zögerte. »Gesprochen ist zuviel gesagt. Er war da, als man mich brachte.«

»Und was hat er gesagt?«

»Daß ich einen schweren Fehler gemacht habe, mit Ihnen zu sprechen. Und daß er in Eile sei.«

»Ist er im Haus?«

Der Vietnamese wußte es nicht. Er hatte den Eindruck

gewonnen, Signor Ercoli wolle Hongkong verlassen. Aber das sei nur eine Vermutung, betonte er.

Ich hatte einen ganz ähnlichen Verdacht. Mit Nguyen Duc Thanh und mir in einem verschlossenen Keller brauchte er um seine Sicherheit zwar keine unmittelbare Sorge zu haben, aber es würde zu ihm passen, wenn er, um Risiken zu vermeiden, Hongkong einfach verließ.

Mit dem Vermögen, das ihm der Goldschmuggel eingebracht hatte, konnte er überallhin verschwinden. Eine Insel im Südpazifik konnte er sich kaufen! Die Frage, die mich am meisten bewegte: Was sollte aus mir werden? Und aus dem Vietnamesen? Es kam mir nicht sehr wahrscheinlich vor, daß Signor Ercoli uns beide einfach wieder laufenlassen würde. Ein Unglücksfall vielleicht...

Zuerst besah ich mir den Keller etwas genauer. Da gab es keine Fensteröffnung, und die Tür war ohne Werkzeug nicht zu knacken. Was ich an Instrumenten in meinen Taschen gehabt hatte, um dieses oder jenes Schloß zu öffnen, war mir abgenommen worden. Auch der Vietnamese hatte nichts in den Taschen.

Ich überlegte angestrengt. Nein, Ercoli würde mit uns nicht anders umgehen als mit Rico Aranquez. Leute, die zuviel wußten, verschwanden besser. Nur – wenn er uns verschwinden lassen wollte, mußte er uns hier herausholen. Und das würde die einzige Chance sein zu entkommen, sagte ich mir. Ich stellte mir vor, wie der Bursche, der mich gebracht hatte, in der Tür erschien und uns herauswinkte. Der Trumpf, den wir besaßen, bestand in der Tatsache, daß wir *zwei* Gefangene waren. Der Mann mußte seine Aufmerksamkeit zwischen uns teilen. Da konnte man ihn vielleicht aufs Kreuz legen, wenn man es einigermaßen geschickt anfing.

Ich fragte den Vietnamesen, ob er sich zutraue, einen Mann anzugehen. Er verzog das Gesicht zu einer schmerzlichen Grimasse und meinte: »Ich bin kein Faustkämpfer, Mister. Das ist nie meine Sache gewesen...«

»Soll es auch jetzt nicht sein.« Ich hatte eine andere Idee. Wenn wir nur eine Kleinigkeit Glück hatten, mußte sie funktionieren. Geduldig begann ich dem Vietnamesen zu erklären, was er tun mußte, wenn der Wächter uns holte. Dann spielte ich es ihm vor, damit er es auch wirklich verstand. Ich kam mir vor wie ein Lehrer im Grundkurs für arglistige Täuschung. Und der Vietnamese war bereit mitzumachen, zumal ich ihm eindringlich klar machte, daß dies die einzige Chance für uns sei, am Leben zu bleiben.

»Andernfalls fischt man uns morgen früh aus dem Wasser«, sagte ich. »Drei Leute sind bereits auf Weisung von Signor Ercoli gestorben. Ich habe die Leichen gesehen. Und ich habe keine Lust, ihr Schicksal zu teilen. Man ist verdammt einsam, wenn man tot ist!«

Der Vietnamese nickte. »Ich möchte auch nicht tot sein, Mister. Ich will nur eins: Zu meiner Tochter nach Kalifornien reisen...«

Wir übten das, was wir machen wollten, ein ums andere Mal, und ich stellte fest, daß Nguyen Duc Thanh ein gelehriger Schüler war. Nicht mutig, aber immerhin bereit mitzumachen. Zwischendurch warf ich mir vor, daß ich Bobby Hsiang nicht wenigstens angedeutet hatte, was ich unternehmen wollte. Es war vielleicht doch nicht die beste Idee gewesen, ganz allein loszuziehen. Die Legende, daß ein mutiger Mann es allein mit einer ganzen Gang aufnehmen kann, war zwar so alt wie das Kino, aber wahr wurde sie davon allein eben nicht.

Es mochten zwei oder drei Stunden vergangen sein, als wir draußen Schritte hörten. Ein einzelner Mann, wie ich glaubte. Schnell ermutigte ich den Vietnamesen noch einmal. Er gab sich Mühe, entschlossen zu erscheinen. Lächelte sogar. Aber das war ein Lächeln, das eher Verlegenheit ausdrückte. Egal, es kam darauf an, das Leben zu behalten!

Der Schlüssel drehte sich. Die Tür ging nach innen auf. Draußen stand der Bursche, der mich abgefangen hatte. Unbewegtes Gesicht, die Automatik in der Hand wie zuvor. Er bedeutete uns mit einer flotten Handbewegung, an ihm vorbei in den Kellergang hinauszutreten.

Ich habe wohl schon erwähnt, daß ich einmal ein wenig Karate trainiert habe. Nicht ausgiebig genug, um ein Meister zu sein. Im Grunde kam ich lieber ohne Auseinandersetzungen dieser handgreiflichen Art aus, zumal Karate – betrieb man es auf Leben und Tod – einem kaum eine andere Wahl ließ, als den Gegner zu töten, wenn man selbst überleben wollte. Jetzt kam es genau darauf an.

Der Wächter stand an der rechten Seite der Türöffnung. Und Nguyen Duc Thanh tat genau das, was ich mit ihm geübt hatte. Er verließ langsam den Keller, und als er halbwegs an dem Wächter vorbei war, machte er zwei schnelle Schritte in den Gang hinaus, womit er bei dem Wächter den Eindruck erweckte, fliehen zu wollen. Der Mann reagierte sofort. Er wandte sich zur Seite, um zu sehen, was der Vietnamese vorhatte, und dabei kehrte er mir eine Sekunde lang den Rücken zu. Eine Sekunde nur, aber auf mehr hatte ich ohnehin nicht zu hoffen gewagt. Er tat es ohne Besorgnis, weil ich noch ziemlich weit im Kellerraum stand und er meinte, ich könne ihm nicht gefährlich werden. Aber er irrte sich. Ich war leicht in die Knie gegangen, und jetzt schnellte ich wie eine losgelassene Feder vorwärts, mit beiden Füßen voran.

Noch bevor der Wächter begriff, daß der Vietnamese gar nicht fliehen wollte und die eigentliche Gefahr von mir drohte, landete ich mit beiden Füßen voll in seinen Kniekehlen.

Der Schwung ließ ihn mit gebeugten Knien nach vorn stürzen. Da war kein Halt. Mein Schwung schmetterte ihn mit dem Gesicht voran auf den Betonfußboden. Sekundenlang war er betäubt. Seine Automatik schepperte über den Boden auf den Vietnamesen zu, der ein Wunder an Geistesgegenwart vollbrachte und sie an sich riß, um sie dann sogleich mir zu übergeben.

Ich drückte die Mündung dem Wächter ins Genick, bis er zu sich kam. Er lag still, wußte, daß das Gefecht entschieden war. Aber ich ging kein Risiko mehr ein, ein Schlag mit der Mündung gegen die Schläfe ließ ihn erneut bewußtlos werden. Wenige Minuten später hatte ich seinen Ledergürtel aus den Schlaufen gezogen, fesselte damit seine Handgelenke auf dem Rücken, dann riß ich den Ärmel seiner Jeansjacke ab, mit dem ich seine Füße an den gefesselten Händen festband. Dies war die sicherste Methode, einen Mann bewegungsunfähig zu machen. Ich rollte ihn in eine Ecke des Kellers, die Tür schloß ich ab, den großen Schlüssel steckte ich ein. Dann schlich ich nach oben, der Vietnamese folgte mir beklommen.

Als ich an die erste Zwischentür kam, die aus den Kellerräumen ins Erdgeschoß führte, zögerte ich. Welche neue Teufelei war zu befürchten? Doch mir war klar, ich durfte jetzt nicht mehr viel Zeit verlieren, und schließlich hatte ich die Automatik des Wächters in der Hand, also drehte ich vorsichtig den Türknauf, und wir traten in eine Art Vorraum, von dem aus es auf der einen Seite zu den Wohnräumen ging, auf der anderen zu einem Wintergarten voller sattgrüner Pflanzen, die in der wohltemperierten feuchten Luft so üppig wucherten, daß sie fast die Scheiben verdeckten. Niemand war zu sehen.

Ich winkte dem Vietnamesen, er solle immer einen Schritt hinter mir bleiben, und dann öffnete ich ganz behutsam die Tür, die zu den Wohnräumen führte:

Ein breiter Trakt tat sich auf. Parkett. Kein Teppich zu sehen. Nirgendwo auch nur eine Blumenvase. Ich ging befremdet weiter. Das Innere dieses eleganten Hauses enttäuschte mich, denn ich hatte es mir völlig anders vorgestellt. Ich öffnete eine Tür, die in einen Salon führte. Hier wurde die Überraschung perfekt, es gab ein paar stehengelassene Möbel, sonst nichts mehr. Der Vogel Ercoli war ausgeflogen.

In den anderen Räumen das gleiche Bild. Hier und da war ein Teppich liegengeblieben, standen in einer Bodenvase noch welkende Blumen, aber das alles war wohl zufällig vergessen worden. Was einer Wohnung Leben verlieh, war nicht mehr vorhanden. Wir durchsuchten das Haus systematisch, die Elektrizität war noch intakt; das Zimmer mit dem Monitor, über den mich der Wächter beobachtet hatte, fanden wir. Der Monitor war noch angeschaltet. Auf einem kleinen Tisch lag mein Revolver, desgleichen der Inhalt meiner Taschen. Ich steckte alles wieder ein.

In der Küche gab es Spuren von hastig gekochten Schnellgerichten, Siebe voller Teeblätter und Filtertüten mit Kaffeeresten im Abfalleimer. Es mußte schon einige Zeit verstrichen sein, seitdem hier ordentlich gekocht worden war. Wie es schien, hatte das Personal nur noch provisorisch den Betrieb aufrechterhalten. Bis zum Kehren der Auffahrt durch den Chinesen war das alles wohl einstudiert gewesen. Nach und nach waren die Leute dann verschwunden. Bis auf den letzten Wächter, der mich erwischte. Offenbar hatte Ercoli, bevor er selbst das Weite suchte, für eine Weile nach außen hin den Eindruck erwecken wollen, es habe sich nichts geändert.

Nachdem wir alles überprüft und nichts entdeckt hatten, was uns über Ercolis Verbleib hätte Aufschluß geben können, erinnerte ich mich daran, daß der Posten in seinem Steinbau am Tor gewesen war, als ich hier ankam. Vom Fenster des Salons aus konnte man das Tor sehen. Der Posten saß in seinem Bau, er las beim Licht einer Tischlampe.

»Der Signor... ist einfach verschwunden!« konstatierte Nguyen Duc Thanh naiv. Es war nicht zu leugnen, daß er recht hatte. Aber vielleicht war Signor Ercoli doch noch irgendwo erreichbar.

Ich probierte das Telefon aus, rief die Polizeistation an. Es funktionierte. Als ich Bobby Hsiang verlangte, erfuhr ich, daß er schon einige Male versucht hatte, mich zu erreichen. Er kam an den Apparat.

»Wo bist du?« fragte er barsch. Als wäre ich sein Untergebener!

Ich sagte es ihm trotzdem, und er erklärte mich für endgültig übergeschnappt.

»Weißt du, daß der Mann dich belangen lassen kann?«

»Ich werde ihm seine Rechte vorlesen, sobald er eintrifft«, konnte ich mir nicht verkneifen zu antworten. »Nur glaube ich, er ist weg.«

»Wie weg?«

»Ganz weg. Samt Hauseinrichtung und Inhalt der Kleiderschränke. Im Nachttisch lag noch eine angebrochene Packung Aspros. Deutet auf Kopfschmerzen. Im Bad etwas Seife. Deutet auf Reinlichkeit...«

»Erzähl mir keine Opern! Du meinst, er ist getürmt?«

Ich bestätigte es ihm. Er wollte wissen, ob das vor meinem Einstieg geschehen war oder nachdem man mich erwischt hatte. Ich sagte ihm, es sei sehr zweifelhaft, daß man ein solches Haus in zwei Stunden ausräumen kann.

»Nichts mehr da?«

»Doch«, entgegnete ich, »ein paar Krümel. Und am Tor in einem Steinbau ein bewaffneter Posten. Du paßt besser auf, wenn du kommst. Im Keller liegt noch einer. Aber der ist sicher aufgehoben.«

»Rühr nichts an, ich komme!« Er hatte aufgelegt, ehe ich ihm noch mitteilen konnte, daß Nguyen Duc Thanh, sozusagen Signor Ercolis Privatgefangener, ebenfalls anwesend war.

Bobby erschien eine halbe Stunde später am Tor, in Zivil, wie immer, und als der Posten ihn abweisen wollte mit der Auskunft, es sei niemand zu Hause, hatte Bobby plötzlich seine Dienstwaffe in der Hand und sagte mit jener unaufdringlichen, zur Vorsicht mahnenden Stimme:

»Los, das Tor aufmachen, oder Ihre Kniescheiben sind kaputt. Erst die rechte, dann die linke. Oder wollen Sie es umgekehrt?«

Der verdatterte Posten wollte es am liebsten gar nicht, nachdem er erfahren hatte, Bobby sei das Gesetz. Er machte Bobby sogar darauf aufmerksam, daß er eine riesige Automatik unter der Jacke trug. Bobby roch an der Mündung und steckte die Waffe ein. Dann zog er nach guter englischer Sitte eine Trillerpfeife aus der Tasche, ließ sie aufschrillen, und wenig später rollte das Fahrzeug mit den Spurenspezialisten heran, das hinter der nächsten Biegung gewartet hatte. Sie legten dem Posten Handschellen an und ließen ihn unter Bewachung des Fahrers zurück.

Im Haus schlichen sie mit ihren Köfferchen durch alle Räume, pinselten Markierstaub auf Fingerabdrücke, klaubten Haare auf, schnüffelten in der Toilette herum. Bobby ließ sich von mir erklären, was es mit Nguyen Duc Thanh auf sich hatte. Dann gingen wir in den Keller und besuchten den Wächter, dessen Gesicht inzwischen rot angelaufen war.

Wir hatten in Zeiten, da wir noch gemeinsam Polizeidienst versahen, eine stillschweigende Abmachung getroffen, für den Fall, daß wir einen Verdächtigen gegriffen hatten, der nicht gleich auspacken wollte. Während das Dienstreglement jede Gewaltanwendung streng untersagte, pflegten wir es so zu halten, daß sich einer von uns beiden für eine Weile entfernte, während der andere sich den Verdächtigen auf seine Weise vornahm. Ähnlich wie Bobby das auf dem Balkon des *Hibiskus* mit dem Stiletto-Killer gemacht hatte. Da gab es keine Zeugen, und selbst wenn der Gegriffene später darüber klagte, daß er unter Druck gesetzt worden sei, so konnte er doch nie etwas beweisen. Und unsere Vorgesetzten neigten dazu, ihren Mitarbeitern zu glauben, nicht einem Ganoven. Diese Art, die Dinge zu erledigen, entsprach weder dem Gesetz, noch war sie besonders human. Aber in vielen Fällen, wenn es auf Schnelligkeit ankam, brachte sie die besten Erfolge und ersparte der Behörde Kosten. Nur reden durfte man darüber nicht. So verfuhren wir auch jetzt.

»Bleib draußen«, wies Bobby mich an. Sein Gesicht ließ vermuten, daß er nicht vorhatte, mit dem Wächter eine freundliche Unterredung zu führen. Da er die Tür nicht ganz schloß, konnte ich hören, wie er mit dem jungen Mann verfuhr. »Wo ist Signor Ercoli?«

Keine Antwort. Lange Pause.

Dann wieder Bobby: »Paß auf, ich habe hier einen Revolver. Und du hast zwei Beine. Wenn du die nächste Frage nicht beantwortest, kriegst du die erste Kugel in den linken Oberschenkel. Oberhalb des Knies, du verstehst? Selbst bei einer guten Prothese haben die Leute da einen mühsamen Gang. Nach der übernächsten Frage kriegst du eine Kugel in die gleiche Stelle am rechten Knochen. Die Leute, die auf solchen kleinen Rollbrettchen sitzen, vor den Kaufhäusern, die kennst du doch, oder? Also – wo ist Signor Ercoli?«

»Das können Sie nicht machen!« jaulte der Bursche.

Bobby belehrte ihn: »Ich kann alles. Du hast mir bewaffnet Widerstand geleistet. Also?«

Gleichzeitig spannte er den Hahn. Ich muß gestehen, daß Bobby in seiner gesamten Dienstzeit solche Drohungen zwar nie wahrgemacht hatte, aber sie klangen stets umwerfend echt. Auch diesmal. Der Bursche brach innerlich zusammen, jammernd bat er: »Nicht schießen, Mister, bitte! Signor Ercoli... ist auf seinem Schiff!«

»Wo?«

»Royal Hongkong Yacht Club. Liegeplatz neun...« Er sprudelte das hastig heraus, offenbar zeigte die Mündung von Bobbys Waffe immer noch auf sein Bein.

»Was solltet ihr mit dem Vietnamesen machen?«

»Signor Ercoli wollte einen Wagen schicken. Für ihn und den Detektiv. Sie sollten auf das Schiff. Wir auch.«

»Name des Schiffes?«

»*Golden Rose,* eine Yacht, ganz weiß.«

Sinnig, dachte ich. Der Mann, der ein Vermögen mit gestohlenem und geschmuggeltem Gold gemacht hat, fuhr eine *Golden Rose.*

Im Keller knurrte Bobby Hsiang den jungen Chinesen an: »Wie war das mit Rico Aranquez? Warum hat er in Kowloon den Antiquitätenhändler getötet?«

Zu meiner Überraschung beantwortete der Chinese die Frage ohne Zögern, wenngleich weinerlich: »Signor Ercoli erwartete noch drei Buddhafiguren. Der sie überbrachte, war ein Ausländer. Amerikaner. Mit eigenem Boot. Er übernahm die Figuren auf See von einem vietnamesischen Boot. Legte in Kowloon an, irgendwo in der Nähe vom Ocean Center. Hatte sein Auto dort stehen. Fuhr in Richtung Tunnel, hatte auf der Haiphong Road einen Unfall. Tot. Als Signor Ercoli es erfuhr, untersuchte ich den Wagen in seinem Auftrag. Zwei Buddhafiguren waren noch da, die dritte war gestohlen.

Ich trieb einen Mann auf, der den Unfall gesehen hatte. Einer, der Erste Hilfe leisten wollte, hatte die dritte Figur mitgenommen. Fuhr ein Motorrad. Junger Mann. Wollte Hilfe holen. Nahm die Figur einfach mit. Das Motorrad war auch gestohlen. Wurde später in der Kimberley Street gefunden. Signor Ercoli ließ alle Läden in dieser Gegend von uns absuchen. Nichts. Dann schaltete er Mister Aranquez ein, der sagte, er habe einen Verdacht...«

Auf Kong Wei, dachte ich. Wie das Leben doch zuweilen einfache Dinge hoffnungslos durcheinanderbringt! Wegen einer gestohlenen Buddhafigur, die er nie gesehen hatte, war Kong Wei getötet worden. Nur weil Rico

Aranquez aus einem wohl kaum noch aufklärbaren Grund einen Verdacht hatte...

Bobby erschien mit dem Gefangenen. Er hatte ihm die Beine befreit. Schob ihn vor sich her. Bedeutete mir und dem Vietnamesen mitzukommen. Oben übergab er den Mann seinen Spezialisten. Versprach ihnen, einen anderen Wagen zu schicken. Den vor der Tür brauche er, und zwar dringend. Dann trieb er mich und den Vietnamesen an: »Los, wir haben noch eine Chance, Ercoli zu erwischen!«

»Er kann noch dasein, er kann aber auch schon weg sein«, knurrte Bobby, als wir mit eingeschalteter Sirene die Peak-Serpentinen abwärts flitzten. Daß er überhaupt etwas sagte, war ein Zeichen seiner Erregung. Der Abschluß eines zunächst unübersichtlichen, schwer zu entwirrenden Falles lag nahe, zumal der eingeschüchterte Wächter die Zusammenhänge weitgehend aufgehellt hatte. Als sich Bobby seine nächste *Bastos* anbrannte, kurbelte der Fahrer kommentarlos das Fenster auf. Es war wirklich ein mörderischer Tabak!

Der Royal Hongkong Yacht Club ist eine der teuersten und feinsten Einrichtungen der Kolonie. Die Creme der Gesellschaft, die Hongkonger Geldelite hat hier ihre seegängigen Fahrzeuge liegen, Yachten aller Art, Luxusdschunken und schnittige Katamarane, Motorboote, Segler, ja selbst ein paar kleine Tauchboote gab es da. Ihre Eigner waren entweder Millionäre oder millionenschwere Firmen.

Die Liegeplätze erstreckten sich über eine weite Fläche bei East Point, am Taifun-Schutzhafen der Causeway Bay, nicht weit von der Einfahrt in den Unterseetunnel nach Kowloon entfernt. In den Spätsommermonaten und im Herbst, wenn die Wetterexperten einen Taifun meldeten, suchten Hunderte von Booten und größeren Schiffen hier Zuflucht, denn im Laufe der Zeit hatte sich herausgestellt, daß der Damm, der der Chauseway Bay vorgelagert ist, die von Taifunen aufgewühlten Wellen zu erträglicher Größe bricht.

Natürlich hatte ein Mann wie Ercoli, sofern er ein eigenes Wasserfahrzeug besaß, dieses hier liegen. Erfahrungsgemäß wurden die Zollvorschriften bei Mitgliedern des Clubs ziemlich lasch gehandhabt: Reiche Leute pflegen keine Zigaretten zu rotchinesischen Schmuggeldschunken zu schaffen, auch keine Ladungen von Armbanduhren oder Transistorradios. Das lief heute über die sogenannten offenen Küstenzonen an der Chinaküste. Ich war lange nicht in dieser Gegend gewesen und fragte mich, wie wir im Gewirr der unzähligen Wasserfahrzeuge die *Golden Rose* finden wollten.

Als ich Bobby darauf aufmerksam machte, sah er kurz auf die Uhr. Wir nahmen nicht den Weg durch Victoria, was uns im abendlichen Verkehrsgewühl viel Zeit gekostet hätte, sondern fuhren südlich um das Zentrum herum, durch den grünen Gürtel mit seinen zwar schmalen, aber nicht so stark überlasteten Straßen.

Ich sah, wie Bobby nach dem Autotelefon langte, und dann hörte ich ihn das Revier im Yacht Club rufen, eine Außenstelle, die meist Aufgaben der Küstenpolizei versah und über schnelle Wasserflitzer verfügte, Motorboote und Luftkissenfahrzeuge.

»Hallo, Mister Bird!« rief Bobby mehrmals. Der Chef

der Station war ein Offizier, und wie die meisten Offiziere bei uns war er Engländer. Als er sich meldete, sagte ihm Bobby, es handle sich um drei Morde und eine Ladung Gold, die gut und gerne eine Tonne betragen könnte.

Das genügte dem Mann. Er sagte Bobby, wo in genau zehn Minuten ein schnelles Boot samt Besatzung für uns bereitliegen würde. Den Liegeplatz der *Golden Rose* würde er sofort feststellen lassen.

Auf der Höhe von Happy Valley erwischte uns der Regen. Wie so oft im Sommer, kam er plötzlich und gewalttätig. Von einer Minute zur anderen prasselten Sturzbäche herab, aus tiefhängenden Wolken, ergossen sich ungehemmt auf Hochhäuser, Grünanlagen, Straßen, Sandstrände. Sie zausten die Wedel der Palmen und die Markisen der Geschäfte, spülten an den riesigen Scheiben der Läden abwärts und gurgelten über die Asphaltstraßen. Der Fahrer unseres Polizeiwagens fluchte, weil das in den Motorraum spritzende Wasser immer wieder Fehlzündungen verursachte. Zudem mußte er das Gesicht fast an die Frontscheibe drücken, um die Straße überhaupt noch erkennen zu können, denn die Scheibenwischer schafften ihre Arbeit längst nicht mehr, und die Scheinwerfer gaben nur wenig Licht her.

»Habt Ihr die *Golden Rose?*« schrie Bobby Hsiang ins Telefon. Was als Antwort zurückkam, war nicht zu verstehen. Irgendwo gab es vermutlich Blitz und Donner. Ich stellte mir vor, wie meine Mutter jetzt ängstlich durch die Blenden der Fensterläden blickte und dabei hoffte, daß das Wasser nicht wieder den Keller des Lokals überschwemmte.

»Ihr habt sie?« Bobby brüllte ins Telefon. Der Fahrer

bog scharf vor einem entgegenkommenden Lastwagen ab, der mitten auf der Straße rollte, rücksichtslos. Wir landeten auf dem Fußweg. Bobby schmiß das Telefon in die Halterung und pfiff den Fahrer an, er solle nicht solche Zicken machen. Der Mann verteidigte sich, laut Dienstanweisung habe er bei solchem Wetter überhaupt nur zu fahren, wenn die Dringlichkeitsstufe vorläge. Daraufhin nannte ihn Bobby einen Schwachkopf, weil er noch nicht gemerkt habe, daß die Fahrt mehr als dringlich sei. Der Fahrer gab wieder Gas, und der Wagen schoß vorwärts, zwischen zwei Bäumen hindurch auf die Fahrbahn.

Nguyen Duc Thanh fing an zu beten, er schien katholisch zu sein. Und ich wollte Bobby gerade raten, uns nicht alle umzubringen, bevor wir auf unser eigentliches Ziel losgehen konnten, da tutete das Telefon, und als Bobby nach kurzem Hinhören auflegte, knurrte er: »Sie hat eben ihren Liegeplatz verlassen. Fährt mit Kurs Ost.«

Dann brannte er sich wieder eine seiner unsäglichen Zigaretten an. Ich war die nächsten Minuten mit Husten beschäftigt, denn der Fahrer hatte wegen des Sturzregens das Fenster geschlossen. Und dabei vertrug ich Tabak eigentlich ganz gut!

Endlich waren wir auf der Tunnelzufahrt, und als habe eine göttliche Hand einen Schalter bewegt, brach der Regen plötzlich ab. Nichts mehr. Die Scheinwerfer langten wieder weit voraus, und die Scheibenwischer liefen trokken. Nur die Reifen verursachten noch ein zischendes Geräusch auf der Straße. Rechts konnte man den Verkehrskreisel erkennen. Langsam schoben sich die Konturen der Stadt wieder aus der verdampfenden Nässe. Alle Laternen brannten, und es gab Augenblicke, in denen man schwärmerisch werden konnte: wenn sich etwa ganz hinten die gezackte Front der Wolkenkratzer aus dem Dunst schob, vor den Lichterketten der Straßenlampen und Autos, ein Bild, in das plötzlich der zerzauste Kopf einer Palme hineinragte oder eine Bananenstaude, die, noch schwer vom Regen, ihre langen Blätter hängenließ. In solchen Augenblicken war Hongkong schön, und ich bedauerte, daß ich jetzt nicht an der Reling meiner Dschunke in Aberdeen stehen und zuschauen konnte, wie eine Zauberfee den grauen Vorhang beiseite zog und die Masten der Boote freilegte, dann ihre Rümpfe, den bunten Flitter und die Lichter der Restaurantschiffe. Wie die ersten Sterne sich auf dem nicht mehr aufgewühlten Wasser zu spiegeln begannen...

»Wir sind da!« rief der Fahrer und bremste scharf.

»Raus!« kommandierte Bobby.

Wir sprangen vor dem niedrigen Bau der Polizeistation aus dem Wagen. Und da war auch schon Bird, der Chef des Reviers, ein schlaksiger, hellblonder Offizier, der einen Schnurrbart trug, wie jeder Engländer, der etwas auf sich hielt, und der an seiner Schirmmütze ganz unvorschriftsmäßig eine Jasminblüte stecken hatte. Die Polizisten begrüßten sich. Bobby schickte Nguyen Duc Thanh in die Station, er sollte dort auf uns warten.

Bird, das sah man ihm an, war einer jener Polizeioffiziere, die noch nicht die Schläfrigkeit von zwanzig Jahren Kolonialdienst in sich aufgesogen haben. Er machte eher den Eindruck eines Soldaten, der auf den ersten Einsatz brennt. Jetzt hielt er uns eine Karte hin, leuchtete sie mit seiner Taschenlampe an und erklärte: »Die Yacht *Golden Rose* ist vor genau achtzehn Minuten ausgelaufen. Fährt jetzt dicht unter Land mit normaler Geschwindigkeit durch die Hung Hom Bay. Höhe Causeway Taifun-Hafeneinfahrt. Noch haben wir sie unter Kontrolle.«

»Hat der Kapitän ein Ziel deklariert?« wollte Bobby wissen.

Der Brite schüttelte den Kopf. »Spazierfahrt. Bereich der äußeren Inseln.«

»Dann ist Eile geboten«, machte Bobby ihn aufmerksam. »Wenn sie erst an Lei Yue Mun vorbei sind, werden wir sie verlieren. Haben wir ein Fahrzeug?«

»Mein bestes!« Der Brite deutete zur Anlegestelle, wo das schnittige Tragflächenboot auf und ab tanzte wie ein kaum noch zu bändigendes Rennpferd. »Sie sagten etwas von Mord?«

»Gehen wir«, schlug Bobby vor. »Drei Morde, ja. Und Schmuggel. Gold. Ich vermute, daß es sich auf der Yacht befindet.«

Wir stiegen ein, und das Boot legte mit aufbrüllendem Motor ab. Ich entdeckte, daß außer dem Schiffsführer und uns noch drei uniformierte Polizisten an Bord waren. Am Bug war ein großkalibriges Maschinengewehr montiert. Die Polizisten trugen außer ihren Maschinenpistolen, die an Haken der Uniform festgemacht waren, Handgranaten und Tränengasbomben. Vorn, an der Ruderanlage, deutete der Steuermann auf den Radarschirm auf den Punkt, an dem sich die *Golden Rose* befand.

»Wir haben ihre Frequenz, Sir«, wandte er sich an Bird. »Sollen wir sie per Funk zum Stoppen auffordern?«

Bird sah Bobby Hsiang an. Der zog die Augenbrauen hoch und fragte: »Da werden die sofort beschleunigen. Wie schnell sind Sie?«

Das Polizeiboot war zwar schneller als die *Golden Rose,* aber Bobby riet trotzdem von Funkkontakt ab. Er war dafür, die Yacht zu stellen, überraschend. Ercoli war ein trickreicher Mann. Niemand konnte wissen, was er uns entgegensetzen würde.

»Festhalten!« kommandierte der Steuermann. Dann schob er Gas nach. Das Boot hob sich, und wenige Sekunden später ritt es auf seinen Tragflächenstummeln über das Wasser. Die rasante Beschleunigung preßte uns in die Ledersitze, in denen wir uns niedergelassen hatten. Bobby fummelte an einer Zigarette herum, bekam aber kein Streichholz an. Bird beobachtete es grinsend.

»Dreitausend Meter!« rief plötzlich der Steuermann.

Bird konsultierte die Karte und sagte: »Lei Yue Mun haben wir hinter uns. Keine Frage, er will an Junk Island vorbei durch den Tathong Kanal ins offene Meer.«

»Vermutlich peilt er Taiwan an«, ließ Bobby verlauten. »Einen der kleinen südlichen Häfen. Fangliao oder Takao. Da ist kaum was los. Fauler Zoll. Da kann er mit seinem Zeug ohne Schwierigkeiten landen.«

Die bewaffneten Polizisten gingen an Deck. Ich bewunderte ihre Geschicklichkeit. Jeder Hongkonger hat ein Verhältnis zum Wasser, auch ich. Und ich lebe sogar auf einer Dschunke, die sich unablässig im Wasser wiegt. Aber bei dieser Geschwindigkeit – das Tragflächenboot machte Sprünge wie ein ungebärdiges Känguruh – über die Eisenleiter an Deck zu klettern und dort aufrecht zu stehen, das nötigte mir Respekt ab.

Plötzlich ging der sägende Ton des Motors in ein sanftes Brummen über. Gleichzeitig sank die Geschwindigkeit, und wir merkten, wie das Boot wieder voll ins Wasser tauchte. An Deck war Lärm aufgekommen, der Steuermann rief nach einem Blick auf seine Radarscheibe: »Dreihundert Meter. In Fahrt auf uns.«

Der Suchscheinwerfer strich gleißend über das Wasser. Bird stürmte uns voran an Deck. Wir hatten es noch nicht erreicht, da rief oben eine Megaphonstimme die *Golden Rose* an: »Stoppen Sie! Drehen Sie bei! Die Küstenpolizei wünscht den Eigentümer zu sprechen!«

In die letzten Worte hinein knatterten Schüsse. Hinter mir splitterte Glas, klatschte etwas gegen die Holzverkleidung, und wir hörten einen gurgelnden Laut. Der Steuermann lag am Boden. Ich sprang hinzu, um zu helfen, aber hier gab es keine Hilfe mehr: Der Schuß war an der Stirn eingedrungen und am Hinterkopf wieder ausgetreten. Signor Ercoli hatte seinen entscheidenden Fehler gemacht: Wer auf Polizei schoß, dem blieb keine Chance. Einer der Leute aus dem Motorraum kam an Deck und übernahm das Steuerrad. In Höhe des Rades hatte die Kugel die Scheibe durchschlagen. Ich sah durch die bizarren Linien des gesprungenen Glases die vom Scheinwerfer angestrahlte *Golden Rose*. Sie drehte nicht bei, schien auch nicht zu stoppen, mit ziemlicher Geschwindigkeit fuhr sie querab auf uns zu. Ein elegantes, schnittiges Schiff, das Ercoli besaß! Während an Deck das Megaphon wieder losbrüllte und etwas von letzter Aufforderung gesagt wurde, machte unser Boot das erste Ausweichmanöver.

Ich wurde gegen die Wand geschleudert, gerade als im Bug das großkalibrige Maschinengewehr zu schießen begann. Kurze Feuerstöße. Hämmernde Schläge, die bis in die letzte Holzplanke zu spüren waren. Als ich mich endlich aufgerichtet hatte, schwenkte der Schütze die Waffe und schoß nun nicht mehr wie anfangs vor den Bug der *Golden Rose*, sondern auf ihren Rumpf, dicht unterhalb der Wasserlinie.

Von der Yacht kam Antwort. Es waren drei Männer, die an der Reling knieten und aus Maschinenpistolen herüberschossen. Wahnwitz war das, Signor Ercoli mußte wissen, daß dies sein Schicksal besiegelte, selbst wenn er kein Gramm Gold an Bord hatte und wenn er von den Morden nichts wußte. Aber: er wußte sehr wohl davon, und er besaß auch das Gold, und gerade deshalb verteidigte er die *Golden Rose* mit letzter Verzweiflung.

In den Aufbauten des Polizeibootes zeigten sich die ersten Löcher. Die *Golden Rose* war noch immer vom Suchscheinwerfer in helles Licht getaucht. Der Mann am Maschinengewehr im Bug unseres Bootes schoß zielsicher in den Rumpf der Yacht, und die nahm Wasser; man sah, daß sie sich nach Backbord zu neigen begann. An der Reling standen Bird, Bobby Hsiang und zwei uniformierte Polizisten und feuerten aus Maschinenpistolen. Ein hitziges Gefecht. Was hatte ich da mit meinen Untersuchungen über den Mord an Kong Wei angerichtet!

Eine heftige Bewegung unseres Bootes drückte mich gegen die Reling, über mir war plötzlich die Bordwand der *Golden Rose*. Weiter vorn kletterten die beiden Polizisten auf die Yacht hinüber, die keine Fahrt mehr machte. Da waren noch ein, zwei Feuerstöße aus den Maschinenpistolen, dann erschollen ein paar scharfe Kommandoworte, und als schließlich Ruhe eintrat, stellte ich zu meiner Überraschung fest, daß die *Golden Rose* unser Polizeiboot nicht mehr überragte, sondern mit ihm auf gleicher Höhe lag. Und dann, das war zu erkennen, begann sie zu sinken!

Als ich hinübersprang, sah ich Signor Ercoli mit erhobenen Händen dastehen. Eine untersetzte Gestalt, intelligentes Gesicht, graumeliertes, gewelltes Haar und ein

Kinnbärtchen. Gekleidet war er in makelloses Weiß. Ein Gentleman. Die Hände hielt er mit einer schwer nachzuahmenden Würde erhoben. Ob er seine distinguierte Haltung verlor, wenn Bobby ihn sich vornahm? Wieder mal ein Gauner, der so ganz anders aussah, als man sich Gauner gemeinhin vorstellt.

Neben Ercoli lagen zwei Tote. Junge Burschen, die er wohl zu seinem Schutz angeworben hatte. Und dann stand da noch ein mir unbekannter Mann in marineblauer Kleidung, ein Europäer, den Ercoli, wie ich vermutete, als Kapitän der Yacht beschäftigte.

»Mister Ercoli«, sagte gerade Bobby Hsiang, »wir nehmen Sie fest wegen des Verdachts der Anstiftung zu drei Morden, wegen des Verdachts, illegal Edelmetall nach Hongkong gebracht zu haben, und, als Eigner der Yacht *Golden Rose*, wegen Widerstands gegen die Ordnungsmacht.«

Er spulte das ziemlich vorschriftsmäßig ab. Ich besah mir den Italiener von der Seite. Konnte so einer aussehen, der Morde ausführen ließ? Aber diese Frage sollte ich mir nicht stellen, ich hatte schon zu viele elegante, intelligente Leute gesehen, die Leben ausgelöscht hatten. Solche Leute sahen zum Leidwesen der Fahnder meist gar nicht wie Bösewichter aus. Das taten sie nur im Kino. Und auch da nicht immer.

Einer der beiden Polizisten legte Ercoli und dem Kapitän Handschellen an. Der andere kam aus dem Bauch der *Golden Rose* an Deck und verkündete: »Dutzende von Buddhafiguren. Aber das Boot muß aufgegeben werden, das Wasser steigt zu schnell, da ist nichts mehr zu machen!«

Sie führten Ercoli zur Reling und ließen ihn übersteigen, bevor die Yacht noch mehr Wasser nahm. Als er an mir vorbeigeführt wurde, fragte ich ihn: »Signor, war es das wert? Die vielen Toten? Und Sie sind erledigt. Wären Sie nicht ohne den letzten Buddha ebenso glücklich gewesen?«

Er gab mir keine Antwort. Sah mich nur an. Wie man ein lästiges Insekt ansieht, bevor man es zertritt. Erst jetzt wurde mir richtig klar, daß dieser Mann jene Eiseskälte besaß, die ihn durchaus befähigt hätte, die Morde auch selbst auszuführen.

Bird lotste Ercoli an dem toten Steuermann vorbei. Er sagte: »Noch ein Toter auf Ihrem Konto, Mister Ercoli.«

Und im Hintergrund fügte einer der beiden uniformierten Polizisten sarkastisch hinzu: »Tote Polizisten werden teuer!«

Der Himmel über dem Meer war von Wolken leergefegt. Ich stellte mich neben Bobby Hsiang, der an der Reling lehnte. Er sah gelassen zu, wie die *Golden Rose* absank. Es gab keine Chance, sie zu halten.

»Wie tief ist das Wasser hier?« erkundigte ich mich.

Er zuckte die Schultern. »Warum?«

»Sollte man die Yacht nicht heben? Schon wegen der Beweise für den Goldschmuggel...«

»Man wird sie heben«, sagte Bobby. »Übrigens wollte Ercoli tatsächlich nach Taiwan. Einer der Polizisten hat die Karte mit dem eingezeichneten Kurs gefunden.« Er rauchte wieder eine *Bastos*, aber hier draußen stank sie nicht so infernalisch.

»Schade«, sagte ich, »da habe ich mir nun die Füße krummgelatscht, um hinter die Zusammenhänge zu kommen, und nun erntet die Polizei den ganzen Ruhm. Ungerecht, wie?«

»So ist das Leben«, gab Bobby philosophisch zurück. »Bezahlt wirst du auch nicht. Das Schicksal von Privatdetektiven, die immer größere Helden sein wollen als wir!«

Er meinte es nicht ganz so zynisch, wie es sich anhörte. Bobby war schließlich mein Freund, nicht nur irgendein Polizist. Aber Schadenfreude klang schon durch bei seinen Worten.

Und da fiel mir plötzlich ein, daß es ja im Safe des *Excelsior* diese eine Buddhafigur gab, die ich dem freundlichen Händler an der Ecke der Granville Road abgekauft hatte. Wie hieß er doch gleich? Ah, Lon, ja! Fünfundzwanzig Dollar. Sie gehörte mir. Rechtmäßig. Einen Augenblick erwog ich, ob ich sie an die Behörden geben sollte. Aber dann lachte ich laut auf.

Nein! Ich, Lim Tok, war kein vornehmer Mann, kein englischer Lord, ich war ein kleiner, wieder einmal am Tode vorbeigerutschter Privatdetektiv aus Hongkong mit mäßigem Einkommen. Nicht einmal ein Gericht würde mir nachweisen können, was unter der Plasthaut dieses Buddhas steckte – ein Gericht würde die Figur überhaupt nicht zu sehen bekommen!

Mochten sie tauchen, und mochten sie die paar Zentner Buddhas aus dem zerlöcherten Rumpf der *Golden Rose* holen, das reichte für den Fiskus. Schlucker wie ich hatten erfahrungsgemäß nichts davon, wenn sie mit ihrer Ehrlichkeit ungebeten hausieren gingen, wie ein Eisverkäufer abends im *Poor Man's Night Club*!

»Entschädigung für Schläge auf den Kopf und andere gefährliche Sachen!« Ich sagte es laut.

Bobby drehte den Kopf. »Was?«

»Ach, nichts.« Jetzt grinste ich, und Bobby quittierte es mit einem Kopfschütteln. Es war wie immer, wenn man als Privatermittler aus Gesetzesgründen am Schluß eines Falles der Polizei den Vortritt überlassen muß. Und den Ruhm. Hol's der Teufel!

Unser Boot fuhr einen Kreis. Über dem Wassergrab der *Golden Rose* schaukelte eine rot-weiße Boje. Hinter uns stand eine sehr dünne Mondsichel. Sie ließ im Kielwasser des Polizeibootes Sterne tanzen.

»Schöner Abend«, sagte Bobby Hsiang versöhnlich.

»Ja, schöner Abend«, gab ich zurück. Sonst nichts. Ich stand nur da und dachte an Pipi. Aber gelegentlich auch an Buddha. Und ich versuchte mich zu erinnern, wann und wo ich das letzte Mal gelesen hatte, wie hoch die Goldpreise standen...

Demnächst in der DIE-Reihe:

Robert Ruck
Rickys Messer

Kriminalroman, etwa 184 Seiten

Leseprobe:

... Das Geräusch kam von rechts, und Ricky fuhr herum. Am Ende der Steinmauer, die das Wohnviertel von den Gleisanlagen der Zeche trennte, bewegte sich etwas, Ricky machte unwillkürlich ein paar Schritte rückwärts. Er starrte in die Dunkelheit und hielt den Atem an. Die Angst wuchs, und seine Lippen bebten. Wie mechanisch setzte er einen Fuß hinter den anderen, das Messer in der Hand und den entsetzten Blick auf den Schatten gerichtet, der schräg von der Mauer in seine Richtung fiel.

Obwohl es harmlose Erklärungen genug für den Schatten gab – an der Mauer konnte ein Betrunkener Halt gesucht haben, ein Pärchen konnte da herumschmusen, irgend jemand konnte da stehen und pinkeln –, für Ricky bedeutete er eine Gefahr. Ein schrecklicher Gedanke durchfuhr ihn: Lauerte da der Mörder von Frau Litzmann auf ihn?

Und hatte seine Oma doch recht, wenn sie ihm immer wieder einbleute, daß Kinder abends nicht auf die Straße gehören, weil überall der böse Mann lauert? Es wurde ihm heiß und kalt, und ein kläglicher Laut brach über seine Lippen.

Der Schatten kam auf ihn zu, und Ricky erkannte die Silhouette eines Mannes. Seine Todesangst verlieh ihm die Kraft eines gejagten Tieres, er schnellte herum und rannte neben der Böschung zu den Abstellgleisen am Lagerschuppen, wo er unter den Waggons Schutz suchte.

Er lag bäuchlings auf Bettung und Schwelle und starrte in Richtung der Mauer. Er sah die Gestalt näher kommen, nicht hastig, sondern mit ruhigen, festen Schritten und so, als wisse sie genau, wo Ricky sich versteckt hielt. Der Mann ging über die Schwellen, und seine Schritte gaben dumpfe Laute ab.

Mit weit aufgerissenen Augen verfolgte Ricky die herannahende Gefahr. Der Mann blieb vor den Waggons sekundenlang stehen, und Ricky sah jetzt nur noch seine Beine. Er hielt den Atem an. Die Beine bewegten sich nach rechts über die Schienen und dann in die schmale Gasse zwischen den abgestellten Waggons und dem Lagerschuppen.

Lautlos schlich Ricky unter dem Waggon auf die andere Seite, hockte sich hinter ein Rad und lugte zwischen Achsgabel und Blattfeder vorsichtig um die Ecke. Er sah, wie der Mann sich bückte und unter die Waggonreihe spähte. Ricky zog seinen Kopf zurück.

Er horchte angespannt, und erst als er die langsamen Schritte vernahm, schob er seinen Kopf wieder vor. Er sah die Beine auf das Trittbrett des Rungenwagens steigen, dann hörte er das ächzende Knarren einer Tür. Der Unbekannte kontrollierte das Bremserhäuschen.

Das Messer in Rickys Hand war klebrig und warm, aber er achtete nicht darauf...

Der Mann stieg wieder vom Trittbrett und verharrte vor dem Bremserhäuschen. Er schien zu überlegen. Er bückte sich und peilte erneut unter die Waggons. Dann kroch er unter die Puffer und auf die andere Seite. Ricky schob sich um das Rad herum. Als der Mann die andere Seite erreicht hatte und sich aufrichtete, hockte Ricky hinter der Innenseite des Rades.

Das war auch der Moment, wo seine Angst wich und sein Verstand wieder arbeitete. Führte er bisher seine Fluchtbewegungen instinktiv aus, so überlegte er jetzt, wie er seinen Verfolger überlisten könnte. Und das war möglich, wenn dieser sich, gleich in welche Richtung und auch nur für ein paar Meter, entfernte.

Noch blieb er stehen, er schien zu horchen. Auch Ricky spitzte seine Ohren, holte ganz ruhig Luft, hielt sie an, stieß sie langsam aus und atmete ebenso vorsichtig wieder ein. Jetzt spürte er, daß das Messer klebrig war und sein Finger wieder klopfte, doch das war jetzt nicht so wichtig.

Die Beine des Mannes bewegten sich, aber sie entfernten sich nicht, sondern kamen näher...

DIE Reihe, seit 20 Jahren
die Reihe für *den* Krimifreund,
spannend, unterhaltend, vielseitig

Neuerscheinungen 1. Halbjahr 1991:

Hartmut Mechtel, Unter der Yacht
Kriminalroman, 184 Seiten

Rainer Erler, Unsterblichkeit
Kriminalroman, 176 Seiten

Bärbel Balke, Pas de deux in den Tod
Kriminalroman, 224 Seiten

Harry Thürk, Der maskierte Buddha
Kriminalroman, 176 Seiten

Robert Ruck, Rickys Messer
Kriminalroman, etwa 184 Seiten

Ingrid Hahnfeld, Die graue Dogge
Vier Kriminalerzählungen, etwa 230 Seiten

Lieferbare Titel / Erstauflagen:

Jan Eik, Dann eben Mord
Kriminalroman, 232 Seiten

Antonin Karous, Ziegelsplitt, so rot wie Blut
Kriminalroman, 176 Seiten

Jan Müller, Mordgründe/Unter Männern
Zwei Kriminalerzählungen, 157 Seiten

Friedhelm Werremeier,
Trimmel hält ein Plädoyer
Kriminalroman, 160 Seiten

Tom Wittgen, Nabobs Tochter
Kriminalroman, 175 Seiten

Und aus dem Nachauflagenprogramm:

Johannes Albrecht,
Lichtenberg Bahnsteig E/Der Tod des Guru
Zwei Kriminalerzählungen, 168 Seiten

Jens Bahre, Der stumme Richter
Kriminalroman, 192 Seiten

Barbara Neuhaus,
Ich bitte nicht um Verzeihung
Kriminalroman, 167 Seiten

Heiner Rank, Die letzte Zeugin
Kriminalroman, 156 Seiten

Tom Wittgen,
Der Ziegenhirt/Die letzte S-Bahn
Zwei Kriminalerzählungen, 180 Seiten

ISBN 3-359-00502-3

1. Auflage

Umschlagentwurf: Erhard Grüttner
Printed in Germany
Satz: IBV Satz- und Datentechnik GmbH, Berlin
Druck und Bindung: Dresdner Druck- und Verlagshaus GmbH